U0075006

穿越夜宴謎城

圖○25度
文◇王文華

楔子——

飛奔前往南唐夜市

太陽沒有從西邊升起，天空也沒有降下紅雨，但是可能小學五年愛班伍珊珊一反常態，鬧鐘還來不及響，她手一拍，關掉鬧鐘，就立刻跳下床，迅速著裝完畢想出門。

伍爸爸揉揉眼睛：「我是認錯女兒了，還是乾隆皇

帝回來了，你今天怎麼起得這麼早，跑得這麼快？」

對呀，她叫做伍珊珊，動作一向「珊珊」來遲，今天卻……

「國寶老爸，別擋著，我趕著去逛夜市。」

伍珊珊的爸爸在故宮當研究員，對國寶如數家珍，但對寶貝女兒的行為卻常常無法理解。

「逛夜市啊，那要快，你如果去晚了，你最愛的麻辣烏龍豆乾就賣完了。」

伍爸爸讓出路來，看著伍珊珊蹦蹦跳跳上學去，不過，等他用青花瓷碗吃完三碗白粥後，這個國寶老爹才想起來：

「等等，太陽剛起床，夜市還沒開啊！」

對啊，大白天怎麼會有夜市？

答案不奇怪，今天早上，可能小學的「南唐夜市」要開市囉。

可能小學在捷運動物園站的下一站。

動物園站已經是最後一站了，哪來的下一站？

嗯，這問題問得好，因為在可能小學裡沒有不可能的事啊，這是可能小學的校訓，也是每個孩子都知道的事。

要在白天讓孩子們逛夜市，也沒什麼困難的，只要把禮堂厚重的窗簾降下來，將午餐餐車變成攤車，再拉出一串黃黃的燈泡，立刻就有了夜市的感覺。

不過，難的是，他們要模仿出南唐時代的夜市。那個年代，離現在至少千年，為了仿真，挑高的天花板上出現了點點星光，那是自然科老師借來全天域投星機的傑作，隨著夜幕，星星慢慢閃爍移轉；一輪明月從東邊窗戶升起，二樓也傳來青蛙呱呱的叫聲，螢火蟲飛到孩子們身邊。

一千多年前還沒有空氣污染，城裡還能看見小動物，所以可能小學的夜市裡，得兒、得兒走來的，竟然是馬車。

「太酷了吧？」可能小學的孩子們喊著。

「想坐馬車遊夜市嗎？先去換了古裝再過來。」趕馬車的是校長，一旁梳了個高高髮髻的服裝攤老闆娘則是教學主任。

「南唐，在唐朝之後，在南京立國，他們的李煜李後主，是中國歷史上最會寫詞的詞人。」說故事的攤主，是六年級的學生，想聽小朋友說書，只要付三塊「可能幣」，就能坐在紅木方桌上聽說書；如果你再點一壺龍井茶，還送一盤花生，而送茶水與花生的——咦，竟然是語文科的老師們。

家政老師們把攤子擺成圓形，攤子上是南唐時期才有的食物：鱔魚包子在蒸籠裡飄香；一盅盅藥燉木瓜與荔枝蒸魚片；另

一邊有各式甜點：杏片、越梅、香糖果子任君挑選。

遊戲攤前人潮多——數學與體育結合的射箭攤，想連中三元，除了技術，更要有絕佳的數學、物理運算能力；藝文領域的書畫攤提供小朋友現場學畫、現場賣畫，而且真的有畫作拍賣會喔，主持拍賣的是藝文老師。

南唐主題的夜市，有得吃，有得玩，每個攤位都結合了學習與服務，這麼棒的課程，只有在可能小學才能實現呢！

難怪，伍珊珊今天起得這麼早，就為了去逛這個白天的夜市。

目錄

楔子——
飛奔前往南唐夜市 …… 06
人物介紹 …… 12
壹、最不可能的夜市攤位 …… 18
貳、通道迷宮 …… 34
參、巡檢大人管得到 …… 48
肆、待詔顧閎中 …… 58
伍、護法寺的德明法師 …… 74
陸、王屋山不是一座山 …… 94

柒、像夜鷺的葉露 108

捌、籠子裡的鑰匙 126

玖、比亂扯還扯的故事 142

可能的真相會客室 148

絕對不可能任務 160

作者的話

當白菜還是白菜的時候 164

人物介紹

機關王

高高瘦瘦，髮型是小平頭，戴著金色G字項鍊，是可能小學超異全人科老師。設計機關的能力值100，實際執行能力不知道。不過這次他卻在夜市裡設了「穿越夜宴謎城」的密室逃脫，這是在惡搞嗎？

霍許

可能小學五年級最高的學生，長得濃眉大眼，五指修長，熱愛推理小說與幫忙找東西，校長的車鑰匙、導師的臉書密碼都是他找回來的，協尋紀錄只有一件找不出來——他的壓歲錢，或許他自己太會藏，才會藏到連自己都找不到。

伍珊珊

可能小學五年級學生，捲捲的頭髮，滿臉的雀斑，因為爸爸在故宮博物院當研究員，她把故宮當成安親班，一下課就在故宮裡研究國寶身上的花紋，國寶的知識滿分，但是要讓她繞操場走三圈，要從清晨等到黃昏。

管得到

頭大身體小，騎著比狗大不了多少的驢子去辦案，因為他是巡檢司排行第三十六的巡檢郎，出門沒有跟班，但是卻有緊急查案權，可以無限召喚跟班，辦案的熱情值25，但辦案的威風度破表。

顧閎中

南唐畫院裡的畫師，任何東西只要他看過一遍，回去立刻能畫成畫，而且仿真度達百分之九十九，難怪國主要他參加韓熙載宴會，祕密觀察，畫成圖像，雖然他素描能力99，保管圖畫卻只有能力60，因為那張圖不見啦……

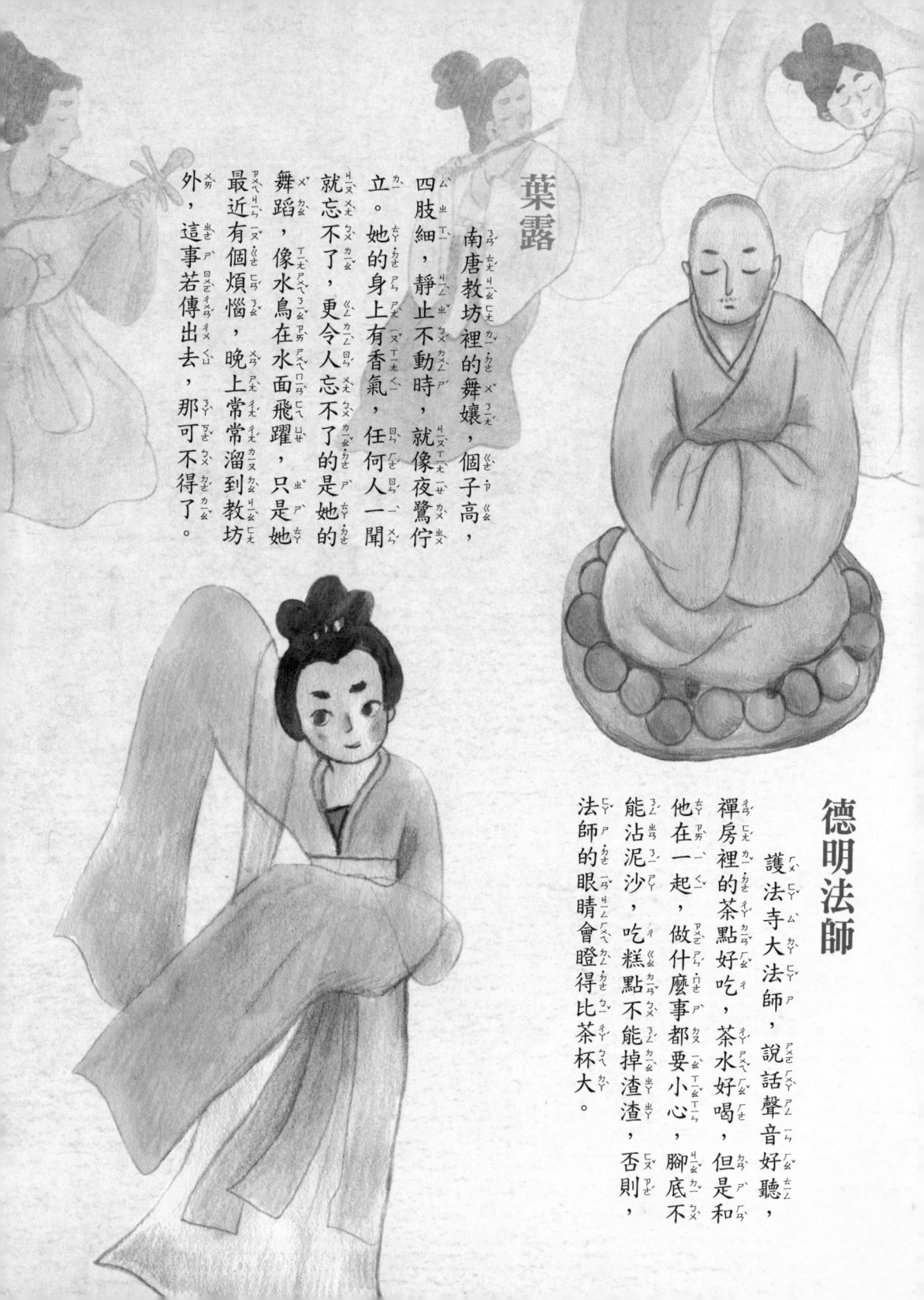

葉露

南唐教坊裡的舞孃，個子高，四肢細，靜止不動時，就像夜鷺佇立。她的身上有香氣，任何人一聞就忘不了，更令人忘不了的是她的舞蹈，像水鳥在水面飛躍，只是她最近有個煩惱，晚上常常溜到教坊外，這事若傳出去，那可不得了。

德明法師

護法寺大法師，說話聲音好聽，禪房裡的茶點好吃，茶水好喝，但是和他在一起，做什麼事都要小心，腳底不能沾泥沙，吃糕點不能掉渣渣，否則，法師的眼睛會瞪得比茶杯大。

壹 最不可能的夜市攤位

南唐夜市有個攤位大排長龍。

「穿越夜宴謎城」——赫然又是機關王設計的密室逃脫活動。

在古代的夜市玩密室逃脫？這麼不可能的事，只有在可能小學才會出現。

發傳單的是超異全人科的老師——機關王，傳單上有十二個古代

樂師的畫像，每一格都有個古人的畫像。

「歡迎光臨穿越夜宴謎城」十個小字縮在傳單底下。

「這些人全都在〈韓熙載夜宴圖〉出現過。」伍珊珊輕易認出這些人物：「它的原圖在北京故宮。」

「什麼圖？」她的同學霍許問。

「〈韓熙載夜宴圖〉，是南唐大畫家顧閎中的畫。」伍珊珊說。

不管是北京還是臺北的故宮，伍珊珊都去過，有個研究故宮文物的國寶老爸，她從小就把兩個故宮當成自己家的書房。

「在夜市闖夜宴謎城，機關王，這是你惡搞的密室逃脫嗎？」霍許問。霍媽媽是檢察官，專門打擊犯罪，從小喜歡推理與偵探劇的霍許深受影響，希望長大能跟媽媽一樣。

「你們以為我設計的關卡有這麼容易看穿嗎？」機關王一問，那條長長的人龍同時發出一陣噓聲：「太簡單了，連校狗馬力精都能猜出來啊。」

「那還能怎麼辦？大家快進來啊，一次開放一百人，進了謎城，趕快找到線索逃脫。」

機關王說完話，他後面本來漆黑一片的牆壁，叮的一聲，亮了。

啊，那是一道發光布幕。

布幕上投射出〈韓熙載夜宴圖〉，還有搭配音樂，是絲竹管樂。那些人物做成了動畫，配上機關王事先錄製好的口白：「韓熙載，曾是南唐後

主最重視的宰相人選。傳說因為他來自北方的宋國，遭受李後主的懷疑，派出宮庭畫家顧閎中去畫韓熙載夜宴的情形，現在，緊緊抓好傳單，進入這幅畫裡，享受刺激有趣的穿越夜宴謎城之旅。」

「可是，宴會裡怎麼會有和尚？」霍許指著畫問。

伍珊珊聳聳肩，這幅畫她看過幾次，也對畫裡的和尚充滿了好奇心，至於夜宴裡怎麼會有和尚，連她的國寶老

爸都不知道。

燈光消逝，布幕向兩旁緩緩拉開，一道暗棕色的大門打開，小朋友發出驚喜的歡呼，衝進密室。

密室很大，三合板隔成一條條的通道。

跑著跑著，小朋友越跑越覺得懷疑，可能小學的禮堂怎麼好像沒有盡頭似的。

跑著跑著，燈光越來越暗，本來興奮與尖叫的孩子，現在慢慢的安靜了下來了。

東西南北，昏暗的光線讓人失去方向感，左左右右前前後後，又路、又路、又接一條又路，他們很快就在這片謎城裡落了單，一個兩

個一組，摸索著前進。

每個轉角，都有驚奇。

好多轉角掛著字畫。

有個轉角出現撈金魚的攤子。

還有一排沒有彈珠的彈珠檯。

轉過一個彎，他們又看見賣糖葫蘆的小販。

「想吃糖葫蘆嗎？」小販的笑聲粗粗的，「可惜，這些糖葫蘆不能吃。」

霍許走得慢，他邊走邊記下看見的東西，他玩過太多密室逃脫，知道這裡每樣東西都有它的特殊含義，一個好的密室，總會把線索藏在看起來很普通的地方。

「走到盡頭了。」伍珊珊看看出口的大門，門邊毫無疑問的，出現一個四位數的密碼鎖。

「金魚、彈珠檯和糖葫蘆，這是代表諧音字的號碼？」伍珊珊嘴裡念念有辭：「金彈糖？魚珠蘆？霍許，它們跟數字好像沒關係。」

「有關係的在金魚攤。」霍許大步回到金魚攤，從金魚圍繞的透明箱裡，取出一個箱子，討厭的是，箱子上掛著一個鎖。

伍珊珊嘆口氣：「密碼鎖都搞不定了，又來一個鎖？」

「往好處想，搞不好，這是第一個線索。」

伍珊珊拉起掛鎖看一看，強力精鋼的大鎖：「去哪裡找鑰匙呢？」

「或許，要去第二個攤子找。」霍許走到那排彈珠檯——沒錯，彈珠檯面上，清楚的標示著「鑰匙在這裡」的字樣。

彈珠檯釘得緊緊的，根本打不開，想拿到鑰匙，必須撥彈珠，讓珠子落入那個特定的洞裡，伍珊珊瞪著彈珠檯：「不是我悲觀，我從進來到現在，沒看到任何一顆彈珠。」

霍許笑著說：「其實很明顯，你真的沒發現嗎？」

「明顯？」伍珊珊環顧四周，除了三合板通道，她找不到彈珠。

「請跟我來！」霍許大步走回糖葫蘆小販，拔了四串糖葫蘆。

「我的糖葫蘆不能吃。」小販笑著說，那陣笑聲，越聽越熟悉，原來是機關王裝扮的。

「這句話你剛才就說過了。」霍許說：「它們不能

吃，卻能拿來當彈珠撥。」

「撥彈珠，這個有趣，我也要看。」

機關王跟著他們回到彈珠檯，霍許把一顆糖葫蘆拔下來，哈，這個糖葫蘆中間有個洞，它原來應該是佛珠，這真難為機關王，為了設計這個機關，買了佛珠當糖葫蘆，現在又被用來當做彈珠。

那顆彈珠滾進「鑰匙在這裡」的洞裡。

「叮！」一把鑰匙，從獎品洞裡掉下來。

「厲害。」機關王稱讚他。

「還沒逃出去之前，都算不上厲害。」霍許用鑰匙打開

保險箱，一支手電筒端端正正擺在裡頭，他按下手電筒開關，紫色螢光，照得滿室紫燦燦。

「這能做什麼用啊？」伍珊珊問。

「我們進來時，入口廣播叫我們做什麼？」

「緊緊的抓好傳單，進入畫裡。」伍珊珊揚揚手裡的傳單，可惜，螢光手電筒一照，上頭的人物沒變色，吹簫的吹簫，打拍子的打拍子。

「我們再走一圈看看。」霍許拿著手電筒在前面帶路。

他們照一照金魚攤，小金魚在透明箱裡游。

照一照糖葫蘆，糖葫蘆變成一串黑黑的珠子。

照一照那些字畫……

咦——

有一幅書法作品，出現幾個不同顏色的字。

玉樓春　李煜

晚妝初了明肌雪，春殿嬪娥魚貫列。

鳳簫吹斷水雲間，重按霓裳歌遍徹。

臨風誰更飄香屑，醉拍闌干情味切。

歸時休放燭花紅，待踏馬蹄清夜月。

「是李後主的詞。」伍珊珊歡呼一聲，「穿越夜宴謎城，這跟李後主有關，有顏色的字是吹按拍蹄，吹按拍蹄，它們聽起來不像是諧音字。」

「什麼是吹按拍蹄呢？」霍許看看四周，通道轉角他們都找過了，穿越夜宴謎城，一定跟〈韓熙載夜宴圖〉有關。

「難道在走馬燈的布幕上？」伍珊珊拿著手電筒照一照，布幕上也沒變化，她氣得把傳單一丟：「到處都找過了，什麼線索也沒有。」

「不，是這張傳單。」霍許接住傳單仔細看了看——

傳單上十二個人，他們都在演奏音樂。

但有些人是重複的，有些樂器也是重複的。

「打拍子的有五個人，吹洞簫的有四個人。」

伍珊珊在旁邊數，霍許一聽，笑了：「吹按拍蹄，吹是四，拍是五，我猜那個彈琵琶的動作雖然有彈，但也有按，所以按是一。」

「打鼓點的像馬蹄，是二，四一五二，老師，我們猜對了嗎？」

伍珊珊問完，但通道裡卻安安靜靜，扮成小販的機關王不知道到哪去了。

「走吧，試試看就知道了。」霍許招呼伍珊珊，按下四一五二，密碼鎖咚的一聲響起。

伍珊珊的指尖傳來一絲麻癢，鎖開了，門緩緩的滑開。

時空穿越機

閱讀夜宴圖

這幅畫全長有三公尺，共分五個片段。打開韓熙載夜宴圖，就像跟著攝影機鏡頭，一幕一幕看著宴會的進行。除了韓熙載的特殊神情之外，還有值得仔細觀察的地方。

第一段聽樂：參加宴會的人圍坐，聆聽一名樂師演奏琵琶。畫面用桌椅床屏風圍成緊密關係，呈現融洽的氣氛。

第二段觀舞：舞者跳起綠腰舞，韓熙載脫下外衣幫忙擊鼓，其他人也跟著打拍子助興。這一段的畫面出現了一位意外的訪客——德明和尚。或許他對於自己現身在宴會中覺得有點尷尬，所以拱手背對舞者，不知他是不是在念佛號呢。

第三段休息：舞蹈結束，大家休息一下，韓熙載披上黑袍，與來參加宴會的人聊天。

第四段清吹：五名樂師吹奏，兩人吹橫笛，三人吹簫篥，賓客們都更自在隨意了。在這裡，

▲ 清吹

▲ 送別

韓熙載不但脫掉黑袍，還敞開衣襟，袒胸露腹呢。

第五段送別：吃喝玩樂結束了，酒酣耳熱的客人陸續離開，主人韓熙載站起來，一手向人揮手，另一隻手卻像在暗示：「別走啊，宴會還可以繼續啊。」

▲ 聽樂

▲ 觀舞

▲ 休息

貳 通道迷宮

他們走出那片亮光，發現自己走進一條長長的通道。僅可容身的通道有一個人高，看起來蜿蜒曲折。

「迷宮？」伍珊珊輕聲的說。

「夜宴謎城，一定要有迷宮的啊。」霍許抬頭看看天，天空灰濛濛，極細的雨點飄在他們身上，他明明記得，剛剛進入可能夜市明明

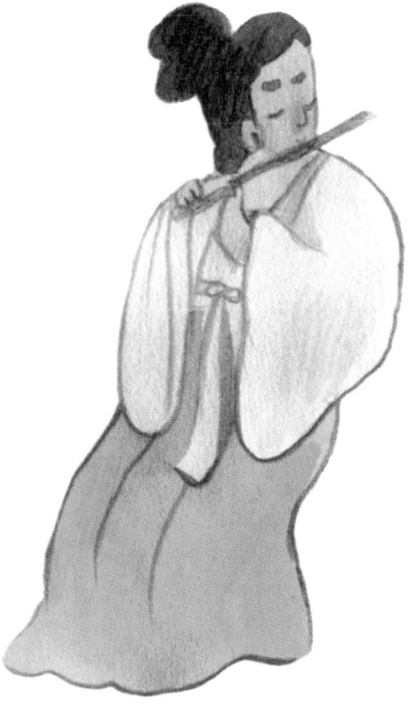

「晴空萬里」，但現在這個迷宮外的天氣是怎麼回事啊？

「我們一定又穿越了。」伍珊珊說：「難道這次我們回到南唐了？」

「回到什麼朝代不是問題，重點在怎麼回去可能小學？」霍許身上沒帶指北針和長繩子，在這個連太陽光都沒有的迷宮，他無法找到判別方位的協助，除了「聲音」。

那是一陣規律的沙沙聲。

在這麼寂靜的通道裡，那陣聲音讓人心安，他們朝聲音走去，地上是溼泥，每走一步，伍珊珊都可以感受黑色的泥水滲入她的鞋子，越走越是泥濘。

聲音越來越清楚——沙～沙～沙～沙，像是成群的蠶寶寶在啃食桑葉。

沙沙沙沙……

沙沙沙沙……

走過最後一個轉角，這裡有幾個人拿著挖土的工具，動作一致的挖著土，他們身上沾滿了溼泥巴，渾身上下髒兮兮的，只剩白色的眼球特別明顯。

有兩個士兵站在通道上方，手裡拿著武器，正盯著那群人工作。

「這裡的進度落後了。」一個士兵喊。

「你們要快一點。」另一邊的士兵說。

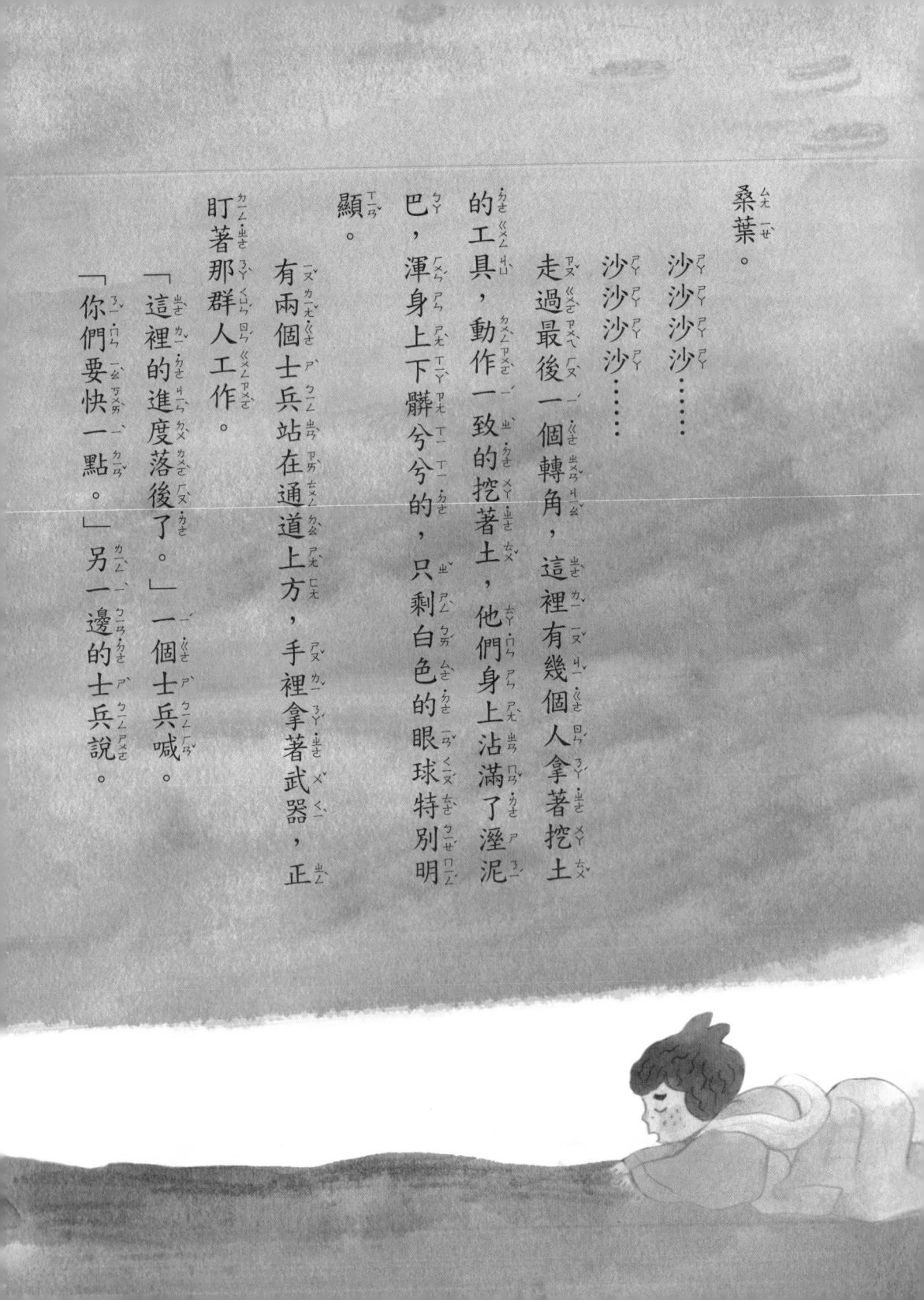

「要是北地的人打過來，這裡一定夠讓他們昏頭轉向了。」靠近霍許這邊的士兵笑著說。

「沒辦法，國主不派兵協防，林將軍也只能用這迷宮來擋住北地的軍隊。」士兵說。

士兵監督老百姓挖通道，迷宮般的通道，是為了迷惑來犯的敵人。

只是，敵人是誰？這邊的士兵又是誰？

霍許打個手勢，帶著伍珊珊退回他們原本出來的地方，但是像前幾次一樣，他們出來的洞口已經不見了，那裡現在變成一片如假包換的泥壁。

「果然沒錯，我們又進入機關王設計的穿越任

務了。」伍珊珊看看四周：「只是我們連自己在哪個年代的哪個地方都不知道。」

「動頭腦，找線索，別心急，」霍許正想往另一邊走，他突然停下來，輕聲說：「有人。」

一陣踢踏踢踏的聲音，霍許悄悄看了一眼，好像是馬——有人騎馬過來了。

他們緊貼著土壁，悄悄抬頭往上看，在他們頭頂，竟然有兩匹馬。

「將軍，國主訊息到。」像個士兵在說話。

「國主？」這是第二次聽到這個人的名字，而且伍珊珊聽過這個詞。

一個蒼老的聲音響起：「國主怎麼說？」

「主上有封信給您。」

聲音停了一下，那個將軍一定是在看信。

年輕的士兵問：「將軍，國主有說增援的部隊什麼時候到？」

「北地宋國的軍隊日夜操練，加派人手造船搭浮橋，眼看就要打來了，我向國主增調軍隊的請求……」

「不答應？」

「國主說他會再請匠人多刻一些佛像，和皇后多唸幾遍佛經。」

「念佛？」

一陣安靜，霍許看不見那個將軍的臉，只聽見他嘆了一口氣。

士兵問：「將軍，我們該怎麼辦？」

「我們從軍就是要保衛家園，當然要奮勇殺敵。」

「北地宋國那麼多軍隊……」

「我們在最前線，如果我們守不住了，別說金陵城破，連我們的家人也要遭殃。」

「那又怎樣，」士兵的聲音很不滿，「國主去掉皇帝稱號，希望宋國能滿意，但趙匡胤還是派兵來了啊。」

「去掉皇帝稱號？」伍珊珊突然想起來，南唐夜市的說書攤上，說過這段故事。

「南唐，我們在南唐，這裡還有個很會寫詞的皇帝——李後主。」

「我們到南唐了？」霍許的聲音大了點，他們頭頂上的將軍「咦？」了一聲，接著就聽到他喊著：「通道裡有人！」

伍珊珊只覺得身體僵硬呼吸困難。

「喵嗚。」旁邊有貓叫，是霍許。

霍許又叫了幾聲。

「將軍，只是一隻貓。」士兵說。

「大敵當前，哪裡來的貓，快搜，奸細都用這一招。」將軍一吼，士兵應了聲好，一陣銅鑼響在他們頭上。

「抓奸細，抓奸細。」

「我……我們不是奸細啊。」伍珊珊抬頭，恰好和將軍對上眼，有點年紀的將軍，看起來滿臉滄桑。

「來者何人。」將軍問了句。

「可能小學……」伍珊珊很有禮貌，即使被霍許拉著一腳高一腳低的在迷宮通道裡跑，但她堅持把話講完：「我們……是可能小學的學生，請多多……多多指教。」

將軍的指教很響：「宋國的奸細。」

伍珊珊還在解釋：「我們不是啊。」

瞬間，通道裡裡外外傳來各式各樣的聲響。

敲鑼！吶喊！吹哨！

全部的士兵都出來了嗎？四面八方全是叫喊聲：

「抓奸細。」

「別讓奸細跑了。」

「宋國來的奸細啊——」

夜宴圖的主角韓熙載是誰啊？

韓熙載出生在唐朝末年，他們家世代為官。十九歲那年，韓熙載考中進士，前途一片光明，但也在這年，他的父親因為受到別人犯罪牽連而被殺，韓熙載為了活命，不得不假扮為病人，一路逃到南方。

韓熙載在南方遇到南唐開國君王李昪，受到李昪賞識，還擔任輔佐第二位皇帝李璟的大任。為了報答李氏父子恩情，韓熙載積極參與南唐政治，為南唐立下不少汗馬功勞。

可惜，後主李煜繼位後，朝廷紛爭開始，韓熙載漸漸感到心灰意冷，他想辦法遠離這些惱人的政爭，與朋友們飲酒作樂，假裝不問世事。

在夜宴圖裡，畫家所繪製的人們都很開心，唯一表情奇怪的只有韓熙載。韓熙載在整幅畫中共出現了五次，不管在羅漢床上聽樂、還是為綠腰舞擊鼓，韓熙載表情嚴肅，甚至有些沉悶，與歡樂的宴會格格不入，難道是因為官場不得意，才讓他鬱鬱寡歡嗎？

▲ 韓熙載畫像

參 巡檢大人管得到

伍珊珊嚇得腿都軟了，要不是霍許拖著她在通道裡跑，她老早就癱軟在地了，霍許不但一路狂奔，沿路還不斷把泥巴抹在他自己和伍珊珊身上。

「好髒喔。」伍珊珊抗議。

「但是它卻能保護你。」

這些錯綜複雜的通道，既迷惑了他們，或許也同時迷惑了追兵，追兵的聲音有時在頭頂，有時又好像遠在天邊。

當他們終於走進一大群拿著工具坐在地上休息的人群裡時，身上的泥巴，簡直就跟那群人一樣。

「你們說，將軍想用通道困住敵人，可能嗎？」一個老人拉住伍珊珊問。

「我……我不知道。」伍珊珊嚇了一跳。

「是個女娃娃啊，這些人連女娃娃都抓來？」

老人說完，四周響起一陣嘆息：「國主天天享樂，百姓只好遭殃。」

這一說，好像觸動了很多人，他們伸手拍拍伍珊珊，「別擔心，你一定能回家的。」

「再苦也就是這樣了。」

「你家在哪兒呢？」

那些伸出來的泥手讓伍珊珊想尖叫，但她忍下來了。因為她有禮貌，她說：「可能小學，我們是從可能小學來的。」

伍珊珊脫口而出，這群人相互看一看：「那是在哪一村啊？誰聽過呢？」

趁著他們彼此詢問的機會，伍珊珊感覺袖子被人扯著，是霍許，她跟著霍許悄悄的穿過人群，踩著一個木梯爬上去。

烏雲更低，雨大了，遠方有河，大河對岸一定是敵營。

士兵在遠方巡邏，敲鑼的聲音好遠好遠，有辦喜事的味道。

「他們大概把我們當成自己人。」伍珊珊悄悄朝霍許豎起大姆指：「你太厲害了，還記得抹泥巴。」

「離開這裡再說吧。」霍許一路低著頭，儘量不跟別人眼神交會。

他讀過不少推理小說，知道想要讓自己隱沒在人群裡，最好的方法就是不要東張西望，不要跟人視線相對。

河在他們的背面，軍隊都駐紮在河灘防備敵人，他們背著河直走，越走到後頭的守衛越鬆散，別說巡邏的士兵，走到一條小路上時，

連個士兵都看不到。

他們在小溪邊費了很大的勁兒，才把泥巴洗掉。

「安全了。」霍許的臉乾淨了。

「你真是太聰明了。」伍珊珊歡呼完，抬起頭，小路的樹下有個頭大身體小的男人正盯著她。

「我……我們……」伍珊珊退了一步。

那個男人騎著一頭比狗大不了多少的驢子，他踢了驢子一腳，驢子乖乖走到他們面前。

「小鬼，要去哪裡？」那男人問。

「去哪兒呀？」伍珊珊結結巴巴，對呀，該去哪兒呢？

「這不歸你管。」霍許說。

「哈哈哈，」那男人仰天大笑，笑聲粗粗啞啞，「偏偏我就是管得到，整個唐國，我都管得到。」

「為什麼？」他們同時問。

男人從懷裡掏出一塊小木牌，上頭的字小小的，伍珊珊還沒看清楚，男人已經把那塊牌子收起來了，「巡檢司排行第三十六的巡檢郎——管得到，那就是我。」

「管得到？」

男人站了起來，哇，坐在驢子上看不出來，他其實很高：「國主命我管東管西，管上管下，現在我宣布，我要徵召你們，陪我去查案子。」

「查案子？」霍許很開心。

「為什麼是我們？」伍珊珊很好奇。

「因為……」管得到笑著說：「堂堂巡檢大人出門沒隨扈，這像話嗎？」

「確實不像話，你應該從什麼巡邏司裡調人手啊。」伍珊珊建議他。

「是巡檢司！」管得到又騎到驢子上，「巡檢司三十六名巡檢

郎，如果我是第一名的巡檢大人，出門有三十六人抬的轎子坐，如果我是第二名的巡檢大人，出門有三十五人的跟班做使喚，如果我是第三名……」

霍許猜：「所以你是第三十六名，出門……」

管得到拍拍手：「懂了吧，第三十六名，出門沒跟班，但有緊急查案權，隨時可徵召，隨地可找人，算起來，還是我威風，懂了吧？」

「第三十六名，倒過來數是……」伍珊珊說得不太好意思。

「倒過來數就是第一名，」管得到催著，「做官不必在意虛名，像我就不太會去跟人家說我是巡檢司裡的第三十六名。」

伍珊珊誇他：「是是是，您真是謙虛呢。」

管得到好像聽不懂伍珊珊話裡嘲諷的意味，得意洋洋的說：

「因為我謙虛，國主才會這麼看重我啊，待詔顧大人家的案子，國主就特別指派我來查。」

他的驢子走得快，伍珊珊和霍許要小跑步才跟得上。

「好了不起啊。」霍許言不由衷的說。

「那是當然啦。」管得到頭抬得高高的：「跟緊啦，要是跟丟了，我還得再徵召其他人，太麻煩了。」

「請問排名第三十六的管大人，我們現在要去查什麼案子？」霍許問。

「案子啊？」管得到愣了一下。

「國主這麼喜歡你，一定是查殺人放火案。」伍珊珊猜。

「不然就是江洋大盜攔路搶劫？」霍許也猜。

管得到鞭子一甩：「顧大人報案，說是家裡遭小偷。」

「小偷？」他們兩人頓了一下，「竊案算大案嗎？」

「當然。」管得到說，「案子不分大小，管得到都會把它查個水落石出的。」

他說到這兒，雙腿一夾，那頭驢子就認命的跑了起來。

肆 待詔顧閎中

金陵城不遠，霍許和伍珊珊跟著管得到，走沒多久就到了。管得到名叫管得到，所以什麼都想管。

他嫌守城門的士兵站沒站相：「你長官是誰？叫他過來。」

那士兵不敢找長官，恭恭敬敬送他們進城。

他罵路邊賣棗子的老人太懶：「客人來了都不會招呼？」

老人急忙奉上一把棗子：「大人嚐嚐，這是用秦淮河水種的棗子呢。」

管得到吃一口棗子，就罵一句：「街容不整，百姓懶散，全都該好好整頓。」

對了，他還嫌路邊的野狗睡沒睡相，跳下驢子，想踢牠一腳。

「你不可以虐待動物……」霍許話還沒說完，那條狗卻跳起來，咬住管得到的靴子不放。

管得到大叫：「你……你們還站著看什麼，快把狗拉開啊。」

霍許一邊趕狗，一邊說：「大人，你應該把你的牌子拿給牠看，不然，牠哪知道您是巡檢司排行第三十六名的大人呢？」

這麼一說，提醒了管得到，「記下來，記下來，以後城裡不管是貓狗山羊或老鼠，全都要教牠們禮儀。」

「這太難了。」伍珊珊說。

「只要有心，怎麼會難？」管得到拍拍被狗咬過的靴子，跳下驢子：「好啦，到啦，該辦案了。」

在他們面前，有個大門。那是一個漆了大紅色的門，門外頭有兩棵高大的桂花樹。

進了門，是個寬闊的院子，幾個僕人穿梭不停，管得到在門前站了一會兒，也沒人理他，他耐不住性子，拉住一個僕人說：「去找你們家顧大人，跟他說巡檢司的管得到來了。」

「你沒看見我在忙嗎？」那僕人有張苦瓜臉。

「你沒聽見我在找他嗎？」管得到有點火，拿起腰牌：「本人可是堂堂巡檢司下排行第三十六的巡檢郎，快去找你家主人。」

他說到主人兩字，還特別加強音量。

「唉！」苦瓜臉好像很不情願，放下花瓶，搖搖頭，走進去。

「你們說，這是什麼世道什麼僕人啊，堂堂巡檢司的大人到了，卻連一杯茶也沒有，啊——別說茶了，椅子呢？好歹得有人送把椅子，送盤點心，別以為待詔是多大的官，說穿了，不過就是

個幫國主畫畫的小官……」

管得到還在嘮叨呢，大屋裡走出一個鬍子斑白的中年男人，他頭髮梳得光亮，衣服卻沾滿了墨汁油彩，「小小的案子還勞煩巡檢司特地前來寒舍，真是不好意思。」

「那是一定要的啊，」剛才還在抱怨的管得到，一見到顧閎中，神情立刻變了個樣：「我們都是幫國主辦事啊，況且顧大人的官階比我高了十一階，我當然要盡心盡力啊。」

伍珊珊覺得很奇怪：「你剛才不是說他只是個畫畫的小……」

管得到以迅雷不及掩耳的速度，摀住伍珊珊的嘴巴：「待詔大人在王宮裡為國主畫畫，那是舉國皆知的大畫家。」

「沒什麼，沒什麼，管大人真是行動派，我才剛派人去王宮報案，說家裡有竊賊來偷東西，您馬上就知道了。」

「國主愛您的畫，您掉了一幅畫，他著急嘛。」管得到滿臉堆著笑容。

顧大人愣了一下：「咦，國主竟然知道我家掉了畫？」

顧大人的話，讓霍許耳朵豎了一下，不禁仔細打量管得到。

管得到繼續自吹自擂：「那是當然啦，您別看國主整天寫詞念佛，金陵城裡大大小小的事，他全都知道啊。」

管得到笑了起來，那笑聲粗粗的，聽起來好熟悉，好像誰呀……

「您就一個人來辦案嗎？」

「查案子當然是輕車簡從，越不露痕跡越好啊。」

「可是辦案總需要人手協助，一個人……」顧大人好像有點擔心。

管得到的手指在肚子上拍拍：「放心，巡檢司辦案，可以隨時徵召百姓，他們兩個就是我的隨從。」

「這兩位啊……」顧大人瞄了他們一眼，「您辦案子找小孩做助手，怕不牢靠啊。」

管得到搖頭晃腦的笑著：「有我在，阿貓、

阿狗就隨便啦，顧大人，我們進去案發現場看看吧。」

那笑聲——霍許想起來了，跟機關王的豺狼笑聲很像，粗粗的，低低的，難道機關王也跑進南唐了嗎？

伍珊珊跟在大家後頭，她一路瞪大眼睛，這屋裡的東西，不管哪一樣，只要能搬回可能小學，都能當可能博物館的鎮館之寶了。

唐三彩的花瓶，故宮裡當成寶，這裡卻真的拿來插花用。

一尊菩薩的立像，靜靜立

在轉角，光線打在祂上身，美呆了。

伍珊珊吞了吞口水，這才跟上大家，走進一間有天井的畫室，光線由天井照射下來，架上疊滿了畫紙，應該是個能舒服創作的畫室。只是整個屋子像被炸彈炸過，桌椅倒的倒，翻的翻，毛筆、顏料甩得滿地都是，不像小偷來盜寶，比較像有一頭犀牛跑進畫室橫衝直撞的現場。

「顧大人，畫室東西這麼多，小偷拿了哪些東西？有沒有列出清單來？」

「不用列了。」顧大人說。

「為什麼？」屋裡的三人同聲問。

「我只掉了一幅畫。」

「什麼？」管得到眼睛瞪大了，嘴角有一抹神祕的笑容。

「賊只取走一幅畫。」顧大人說得斬釘截鐵。

「他就只偷走一幅畫？」伍珊珊想問的是，明明這畫室裡有這麼多畫……卻只掉一幅？

「那幅畫本來放在這兒。」顧大人在畫桌上比劃，「我昨晚才整張畫好，打算今天一早送進宮。」

管得到沉吟著：「雖然顧大人的畫很值錢，但這個賊只偷走一幅畫，這也太奇怪了。」

「那幅畫不同，」顧大人壓低音量：「那是國主命我去韓熙載大人家參加夜宴，畫好要送進宮的。」

「〈韓熙載夜宴圖〉？」霍許和伍珊珊忍不住喊，「那是你畫的？」

「乳臭未乾的孩子懂什麼呀，不懂別亂說話。」管得到制止他們，回頭臉上立堆滿了笑容問顧閎中：「顧大人，別聽這兩個孩子亂說話，到底是什麼畫呢？」

沒想到，顧大人連鼻孔都撐大了，他瞪著伍珊珊：「你們見過那幅畫？我的畫是你們偷的？」

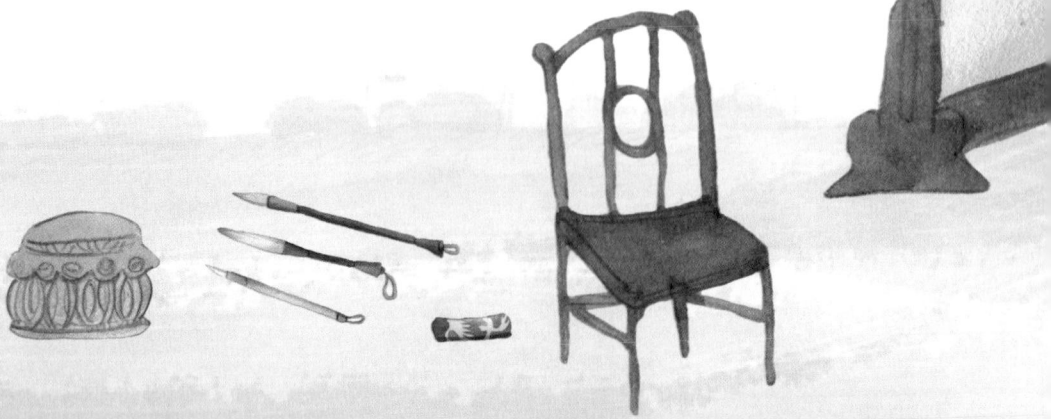

伍珊珊本來想說，霍許怕闖禍，急忙用眼神制止她：「我們沒見過，是聽人說的。」

「我整整畫了七天，昨晚剛畫完就被人盜走。」顧大人握緊拳頭，「管大人一定要幫忙把圖找到才行啊。」

「有什麼好擔心的呢，再畫一張不就得了！」管得到打了個哈欠，「好啦，我回巡檢司把這事記下來，該走了。」

「這樣就查完了？」霍許嚇一跳。

顧閎中也攔著他：「管大人，這其中一定有很大的隱情啊，您想想，小偷為什麼只偷這幅圖？」

「他喜歡你的畫？」

顧閎中拿起桌上小金佛：「把它拿去賣，能在金陵城裡買間房，小偷卻沒拿走它，你不覺得有蹊蹺嗎？」

「你這一說，倒是有點可疑。」管得到跨出去的腳又縮了回來，「或許這個小偷是你的鐵桿畫迷，特別來偷畫收藏。」

「管大人別說笑，」顧閎中皺著眉頭，「這是國主命我去畫的圖啊，如果流落出去，後果不堪設想啊。」

「好吧，我回去後，稟報巡檢司，我們三十六名巡檢郎立刻到各大畫坊明察暗訪，一定把你那幅什麼請客圖找回來。」

管得到說完了，擺擺手，真的要走了。

難得有這種查案機會，霍許不想放過，他喊了一聲：「可是，巡檢司排名第三十六的管大人，這個竊案現場，您都還沒勘察耶。」

管得到瞄了一眼現場：「一堆爛椅子破桌子，查什麼查，就是掉了一幅畫啊。」

「你這是怠惰職守。」

「不，我這叫做辦案程序簡單化。」

「那這個呢？」霍許從地上撿起一顆圓珠，聞了聞，這味道他聞過，奶奶佛堂裡就有，是檀香味。

「這是佛珠嗎？」伍珊珊也撿了一顆，地上還有不少顆，有的被踩裂了，有的滾到牆角。

「這是顧大人的？」霍許問。

顧閎中搖搖頭：「我家只拜三官老爺，不拜佛。」

「所以，昨天晚上，有個人的佛珠在這裡被扯斷了。」霍許看著管得到：「大人覺得呢？」

「嗯，這是個新的線索，我管得到決定管了！」他的態度轉得好快，立刻問顧閎中：「那場夜宴中，有沒有人戴著佛珠？」

躲在畫作背後的皇帝——李煜

那個不相信韓熙載，派人去刺探他的皇帝李煜，他是五代十國時期南唐國君。可別小看他喔，在文學史上，他可是赫赫有名的詞帝，他寫出來詞，像是《虞美人》的「春花秋月何時了，往事知多少」；還是《相見歡》的「無言獨上西樓，月如鉤。寂寞梧桐深院鎖清秋」，每一首詞都讓人朗朗上口。

李煜原來就不想當皇帝，只想歸隱山林過生活，他痛恨自己生在帝王之家，如果他單純的當個詞人，那該有多好？可惜，他生不逢時，南唐後來被宋朝給滅了，他被俘虜到汴京，人們才會稱他為李後主。

李後主當皇帝時寫的詞，其實並沒那麼棒；等他變成了俘虜，離家國千里了，對家鄉、當年的懷念，才讓他的藝術才華又提升了一大階。

他書法好，也會繪畫，音樂成就也高，然而最讓人津津樂道的，卻永遠是那些國破家亡的詞。

▲ 李煜畫像

伍 護法寺的德明法師

霍許和伍珊珊都記得——〈韓熙載夜宴圖〉裡有個和尚。一般的和尚在廟裡念經，或在山裡修行，但是在宴會裡看女孩跳舞，那實在太怪了。也因為奇怪，所以霍許印象特別深刻。

「和尚一定有佛珠。」

顧閎中點點頭，「那天晚上，護法寺的德明法師也到韓熙載大人

府裡，不過他待的時間不長，看完舞就走了。但是韓熙載大人對他特別禮遇，所以我記得很清楚，國主特別交代，每一位參加宴會的賓客都要記下來，所以我畫圖的時候，就把他畫進去；至於他的佛珠，沒錯，他手腕上有一串佛珠，但是不是這一串，就不清楚了。」

霍許拿著佛珠在手上翻看，這是一顆普通的木珠，中間打孔，地上的數量不會超過二十顆，長度不長，所以是戴在手上的佛珠。

顧大人嘆口氣：「這幾年，國主對菩薩特別的虔誠，京城裡大興佛寺，佛家子弟都有很好的供養，大家都說，國庫裡的錢，要不是給了北地的宋國，就是捐給了佛寺。」

「不管怎樣，先去看看那個和尚吧。」管得到走到門口，跳上驢子，朝伍珊珊和霍許說：「你們兩個還等什麼呢，走囉。」

說走就走，管得到趕著驢子前面，他們跟在驢子旁邊走。顧閎中騎著驢也來了。

他們一行人走到大路上，細雨停了，烏雲散開了，這個古老的年代，潮溼的風裡有青草的氣息。

路邊有條河，河其實不大，小船停泊在河面上，船身都畫滿了美麗的圖畫，有的船上還有人演奏音樂，也有一些美麗的女子在船上唱

歌跳舞，船上不時爆出笑聲。

顧閎中也騎驢，驢子看起來小，但走起來其實挺快的，霍許和伍珊珊要一路小跑步才跟得上。

「秦淮河上的風光，我怎麼看都看不膩。」管得到突然說。

霍許問：「可是大河邊不是要打仗了？」

管得到笑了一聲，那笑聲有嘲諷的味道：「商女不知亡國恨嘛……」

這詩伍珊珊有印象，下句好像是

「隔江猶唱後庭花」，她說：「是李商隱詩，詩名好像是……」

「〈泊秦淮〉，講的就是這條河。」顧閎中說，不知道為什麼，伍珊珊覺得他的聲音裡，聽起來有悲傷的味道。

走了不久，護法寺到了。

這間寺廟金碧輝煌的，門口有個大廣場，三座橋從左中右跨秦淮河而來，來燒香拜拜的人就把船停在橋邊。橋邊有幾個小和尚招呼信徒。

管得到和顧大人把驢子交給接待的和尚。

他們的年紀都不大，眼睛大的和尚叫秋風，聽到他們說要找德明法師，竟然像兔子般跳了起來，轉身就跑跳進寺裡通報。

個子較高的小和尚叫做落葉，領著他們穿過護法寺的牌樓，牌樓上描金畫銀，十分壯觀宏偉。

過了牌樓是大雄寶殿，後頭是一進一進的佛殿，廊邊的樹是新栽的，暗紅色的牆面是新刷的，它們都很新，看起來才剛落成的樣子，每一棟幾乎都能拿來當籃球場，就在伍珊珊以為永遠走不到盡頭時，落葉讓他們在某個房間門口等一下：「德明法師的禪房到了。」

這間禪房不大，外頭有棵石榴，裡頭收拾得窗明几淨，地上鋪了草席，一個矮几上有本攤開的經書，香爐裡有一縷輕煙。

德明法師年紀約莫三、四十歲，說話聲音也很好聽：「顧大人久違了，今天是來寺裡畫畫，還是來燒香的？」

不過，他說話時一直盯著伍珊珊和霍許，彷彿他們是什麼碰不得的細菌，霍許身上的泥屑掉下一點，他的眼睛都瞪得牛羚般大了。

顧閎中搖搖手：「今天來有公事，這是巡檢司的管得到管大人。」

德明法師有點意外：

「管大人來找和尚查案子？」

管得到拱拱手：「您誤會了，我們是想來了解一下案情。」

「案情？和尚整天在寺裡打坐念經，俗事不沾身，哪會知道什麼案情呢？」

「話也不能這麼說，您前幾天不就去了韓熙載大人的宴會？」

「我去是去了，」德明法師愣了一下，「但是，那和顧大人有什

麼關係呢？」

「我家裡掉東西了。」顧閎中說。

「貴府掉東西來找和尚我？顧大人，和尚吃齋念經，拿本佛經還有用，拿您的畫能做什麼呢？」

他說得那麼委屈，伍珊珊都覺得大家錯怪他了。

禪房裡，氣氛有點兒尷尬，幸好，秋風和尚送了茶來。那茶很香，房裡瞬間滿布茶的清香，几上沾到幾滴茶漬，德明法師立刻用布擦了擦，還不只擦茶漬，連剛才霍許帶進來的泥屑，他都蹲下來擦個乾淨。

管得到喝了一口問：「好茶，這茶很貴吧？」

「這茶不用買，國主送的。」

「哇，國主送的茶？」管得到仔細端詳著茶，像是很捨不得喝的樣子。

「今天的杭州龍井還不是最好的，大人有興趣，下回再來喝茶。」德明法師看到管得到坐的地方有點髒，也拿布擦了一下，「國主在宮裡也念經，我還曾去主持過一次法會，那回的茶更好。」

顧閎中看著茶，眉頭深鎖，「北地宋國虎視眈眈，隨時會渡江打過來……」

德明法師把茶壺放下，微笑著，「國主也擔心，所以他念佛吃齋，在金陵城裡大興佛寺。你們來時看這護法寺的建築，都是這幾年翻修的，國主一心向佛，佛陀自會護祐我國的。」

門外，落葉送了幾盤糕點來，它們像透明的彩色果凍，上

頭又細細壓上黃色的花瓣，伍珊珊拿了一個，她捨不得吃，「好美的藝術品啊。」

德明法師朝她笑一笑：「吃吃看，是寺裡師父們的手藝。」

她輕輕咬一口，是豆沙餡，她細細的品嚐，旁邊的管得到一口吃一個，風捲殘雲，伍珊珊一個都還沒吃完，他已經把一盤糕點吃光了。大手擦擦嘴，從懷裡拿出佛珠問：「這德明法師見過嗎？」

「佛珠？」德明法師沒伸手接，他把布攤開，讓管得到

把珠子放上去，這才仔細看看，「見過，也沒見過。」

「法師在說禪語嗎？」

「這種佛珠太普遍了，護法寺外的小販就有賣，只要是佛教子弟都戴的。」

「法師的佛珠還在嗎？」管得到追問。

德明伸出手來，他手上就戴了一串佛珠，顆粒比較大，圓滿珠潤，看起來比他們拿來的還要高級。

「不好意思，那我們就告辭了。」

「告辭？」霍許急忙拉著他，「你真的要走了？」

「不走，難道留

在這裡還有其他點心吃嗎？」

「他明明就去過顧大人府上見過畫，你怎麼不抓他？」

「啊？」

霍許看著德明和尚說：「你說這幾天沒出門，怎麼會知道顧府弄丟的是一幅畫？」

「我……我有說嗎？」

伍珊珊在旁邊拍拍手：「沒錯沒錯，我也有聽見，你剛才說和尚整天吃齋念經，拿佛經還有用，拿一幅畫有什麼用呢？」

德明愣了一下，霍許補充：「還有，你的潔癖害了你！那串佛珠如果不是你掉的，你怎麼看了佛珠後還要用布擦手？你一定知道它們曾經掉到地上，對不對？」

「擦手是我的習慣。」

「就是這習慣洩漏你的祕密。這裡是佛寺，和尚能說謊嗎？」

德明法師嘆口氣：「韓熙載大人是我的好友，他邀我去參加夜宴，我當然得去，出家人不打誑語，我只去了一下，回來才聽說，國主派顧閎中大人去調查。」

「所以你就去偷畫？」

德明法師的臉紅了，「出家人偷東西是犯戒的，我聽說他的畫畫好了，我只想去看看自己有沒有被

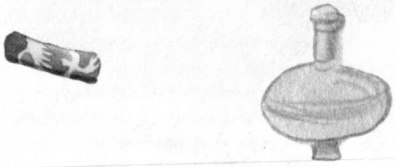

畫下來。」

「畫裡當然有你啊，那是國主交代的。」顧閎中說，「畫個像又不犯法，你擔心什麼呢？」

「國主這幾年潛心向佛，對佛家子弟這麼禮遇，我出現在韓府夜宴裡，讓國主知道了，以為佛家子弟不守清規，一怒之下，再也不供養佛寺，這麼大的罪名，德明擔當不起啊。」

霍許看看他，他說得很真誠，不像假話，他問：「那幅畫呢？」

「我到畫室時，裡頭有個蒙面人。」德明法師說。

「有小偷？」伍珊珊驚呼。

德明點點頭：「我問他在做什麼，那人連招呼也不打，一拳打過來，他的拳法老練，我從小學佛又學拳，才能勉力擋住他，但卻無法阻止畫被另一個人偷走。」

霍許好奇了：「又有另一個小偷？」

「沒錯，我和他正打得激烈，無暇兼顧那幅畫，那個小偷趁機跳進畫室，捲了畫就跑了。」

管得到好像一點都不意外，只是簡單俐落的說：「人海茫茫找不到，結案。」

「找得到，找得到。」德明法師的話讓大家嚇一跳。

「你知道？難道小偷在胸前寫名字不成？」管得到搖搖頭。

德明法師說：「雖然有蒙面，但是那是個姑娘，而且，我還知道她是誰。」

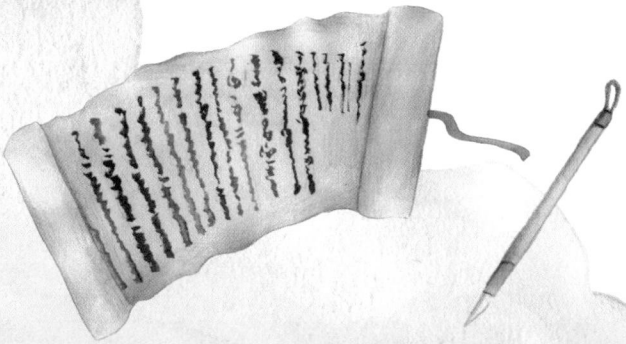

所有人全望著他：「你是怎麼知道的？」

「那種妖媚的動作，看過一次就忘不了，而且她身上的香氣很特別，更何況我還看她跳了一晚的舞啊。」

夜宴圖有什麼祕密？

這幅畫的繪畫動機讓人充滿了好奇，畫這幅畫的人好像親身經歷了這場宴會，把他在那一晚目睹的一切全複製下來，究竟是誰畫這幅圖？他又為什麼要畫這一幅畫呢？

根據記載，南唐後主李煜曾派畫家顧閎中混進韓府夜宴的客人裡。不過，顧閎中並不是在現場打草稿，當時也沒有照相機，他竟然能用眼睛看，心裡仔細記下來，回家之後畫成這幅夜宴圖，再呈獻給李煜。

不過，為什麼李煜要派畫家去考察大臣家的宴會呢？

雖然韓熙載常和李煜意見不和，但李煜還是挺欣賞他的才能的，多次想讓他擔任宰相的工作，然而話到嘴邊，還有點顧忌。

一是他聽說韓熙載喜歡呼朋引伴飲酒作樂。

二是韓熙載是北方來的人，不知能不能永遠效忠南唐。

這就是畫家顧閎中的使命，不知道畫裡的韓熙載已經發現皇帝的企圖，才會在畫裡流露出憂心忡忡的神情，連擊鼓都無法盡興呢。還是有其他原因擔憂呢？

▲ 顧閎中插圖

陸 王屋山不是一座山

「那個女賊名叫王屋山。」德明和尚說：「她是教坊的姑娘，跳起舞來像女妖。」

「女妖？」伍珊珊退了一步。

顧閎中瞇起眼，像在回憶，「沒錯，她舉手投足，妖氣十足。」

「但是，她只是一般的女生啊。」霍許覺得疑惑，德明法師的身

材壯碩，怎麼會搶不過一個女人，除非她很壯、很壯，「而且她為什麼要偷畫呢？」

管得到彈了一下手指，禪房頓時安靜了，「走吧，我們去教坊問她。」

走出護法寺，陽光出來了，透過雲層往下灑的金光，細細碎碎全灑在千年前的廣場。

熙來攘往的人群，穿著五顏六色的衣裳。

沿長長的石板街道走，街邊有各種商店，這是一座熱鬧的大城，販賣布匹、米糧、香料……

不少孩子在街邊工作，幫忙打鐵的，藥材行裡切藥的。

「他們不用上學嗎？」伍珊珊很好奇。

「吃飯都成問題了，還上什麼學啊？」管得到走得急，語氣冷冰冰的。

出了長巷，路面變寬，兩旁的屋子越來越氣派，屋外的衛兵越來越多。

道路直通一座高大的宮殿，顧閎中說那是王宮，是國主住的地方，他們沒進皇宮，轉進一條巷子，巷底有兩扇紅漆大門，旁邊掛了兩盞紅燈籠，一左一右兩個大字：「教坊」。

音樂從教坊裡傳了出來，門口有個白鬍子爺爺。這麼多人，他誰也不理，直拉著霍許眉開眼笑的說，

「小男孩，你有慧根。」

「什麼慧根？」

「跟我學三年，肯定能在教坊爭頭名。」老爺爺說到這兒，捋著鬍子笑起來，細細長長的眼睛像狐狸。

伍珊珊擔心霍許被騙，把老爺爺的手拉開，「這裡是做什麼的？」

「教坊啊，王宮裡的表演就由教坊負責。」狐狸爺爺打量著伍珊珊：「小姑娘個子矮，人又胖，如果你想來教坊，跳舞是不行的，太胖了，玩雜耍是老了些，變法術怕你學不來……」

伍珊珊臉紅了：「我也沒說要學啊！」

「哎呀，聲線這麼粗，唱歌也沒指望囉！」狐狸爺爺看看她：「教坊裡還缺打掃、洗衣、煮飯的丫頭，你來試試吧，說不定是個出路。」

這一說，除了伍珊珊，大家都笑了。

伍珊珊指著霍許問：「那他呢？」

「男孩子學雜耍不錯，頂水缸，還能吞火、吞劍；如果去樂坊，我看他的身材……」

老爺爺捏捏他的手臂：「打鼓、敲板都有機會。」

霍許嚇得半死：「吞火、吞劍，我可不要。管大人，我們是來辦案的啊！」

狐狸爺爺愣了一下：「辦案，要辦什麼案？」

管得到問：「教坊裡，有沒有一位名叫王屋山的舞者？」

「王屋山？」狐狸爺爺問：「她犯了什麼案，你又

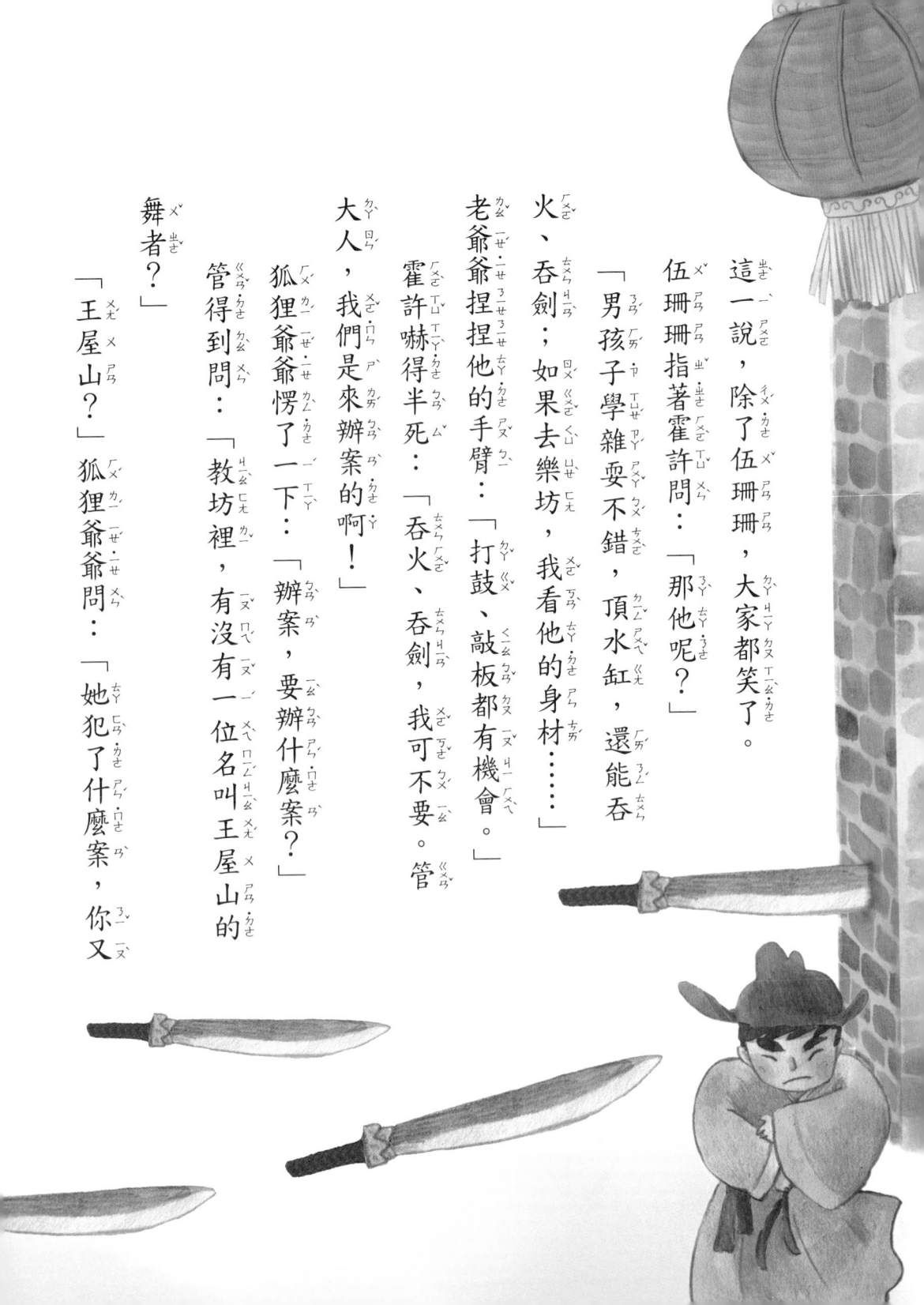

是什麼人？」

顧閎中替他介紹：「這位是巡檢司管得到大人，奉國主之命來查一件竊盜案。」

管得到臉色一沉：「有人可以作證，說是當晚在韓府看見王屋山，可以請她出來嗎？」

狐狸爺爺一聽，連忙派人去後院找王屋山。

德明和尚說，王屋山有妖氣。

顧閎中大人說，王屋山跳起舞來像女妖。

「女妖長什麼樣子呢？」伍珊珊很好奇，看著後院走出一個濃眉大眼，一臉凶巴巴的姑娘，「她不像一座山，更不像是妖怪啊。」

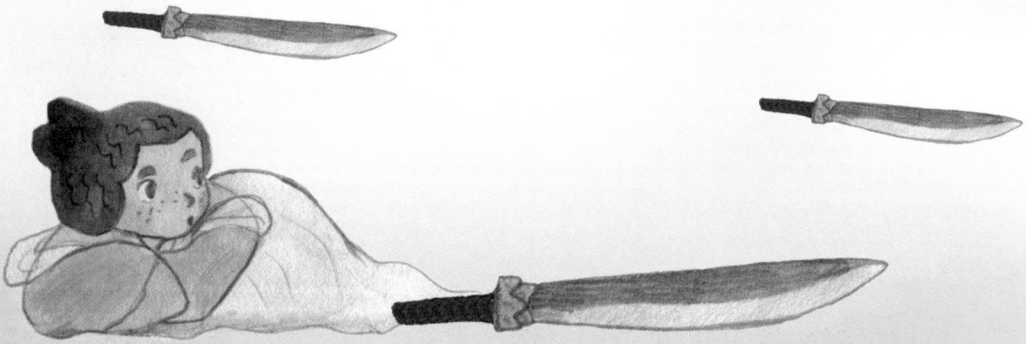

王屋山粗聲粗氣的問：「誰說我是妖怪？」

「他！」霍許指著顧閎中，「還有一個護法寺的和尚，他說你跳舞時像女妖。」

那個姑娘怒吼著衝過去，扯著顧閎中的袖子：「我整天在教坊裡，跳舞也只跳給王宮裡的貴族看，你怎麼可能見過我跳舞？」

「對呀，教坊的舞者不能私自外出的。」老爺爺看看顧閎中，

「你真的見過王姑娘跳舞呀？」

顧閎中退了一步：「我……我沒看過你跳舞啊。」

這話一說，大家都愣住了，尤其是霍許。

「是你說她跳舞很妖魅啊，難道你有健忘症，才剛說過的話立刻就忘了？」

「你說謊啊？」狐狸爺爺問。

「坦白從寬，認錯不難。」管得到逼近一步。

顧閎中看看大家，「我真的看過王屋山跳舞，但是呢，這個王屋山不是那個王屋山。」

「難道是假冒？」管得到拉著狐狸爺爺：「這個肯定是假冒的！」

狐狸爺爺也嚇呆了：「假冒王屋山？誰會假冒脾氣這麼暴躁的姑娘啊？」

「你說我暴躁？整個教坊裡，我比任何人都溫柔。」王屋山扯住狐狸爺爺，她的身材高，狐狸爺爺人矮，被她一拉，腳都騰空了。「你說，我是溫柔還是暴躁？」

「溫柔啊？全教坊沒人敢說他們比你溫柔。」

「沒錯。」王屋山高興的放下狐狸爺爺。

霍許卻聽出來，狐狸爺爺根本是繞著圈子在罵人嘛！但是王屋山不懂，她得意洋洋的說：「沒人敢說他們比我溫柔。真的，我媽也這麼說呢。」

她說完咧開嘴笑了，拉著顧閎中：「該你說了，你在哪裡見過不是我的王屋山？」

「不是王屋山的王屋山？」

霍許腦海裡閃過一道光，「對啊，如果王屋山不是王屋山呢？」

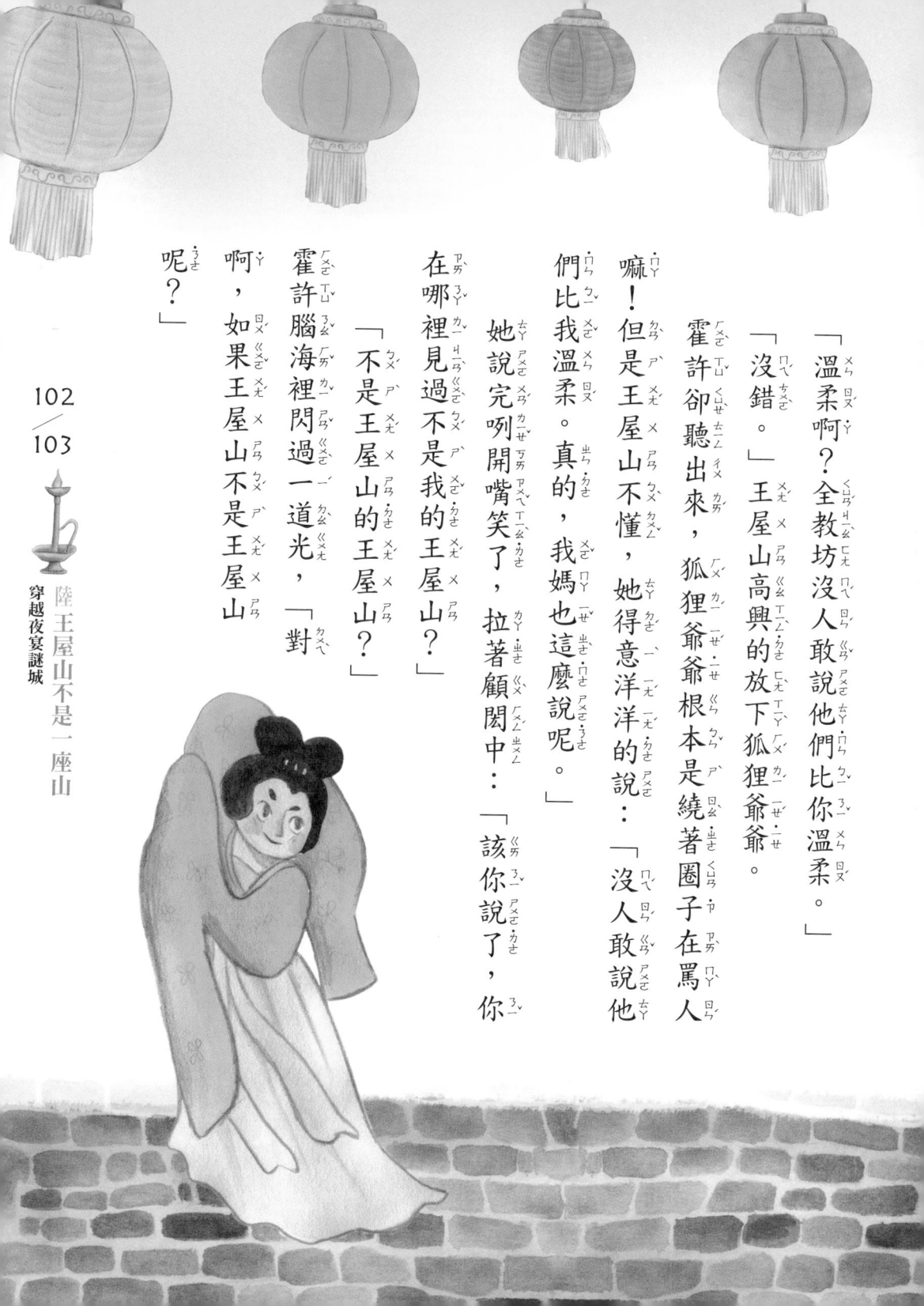

管得到搖搖頭：「天下豈有如此巧合的事，怎麼會有兩個舞者都叫做王屋山？」

霍許解釋：「或許……有人假冒王屋山的名字去跳舞呢？」

管得到還有疑問：「跳舞就為了揚名立萬，讓人知道，她為什麼要假冒？」

眾人安靜了，連王屋山都等著他說話。

霍許想了想：「剛才她說過，教坊的人是不能隨便出外跳舞的，韓熙載不是王宮裡的人，舞者想去他家……」

「只好假冒一個人的名字。」伍珊珊大叫：「真的王屋山在這裡，假的王屋山去跳舞。」

霍許看看大家：「這個假王屋山一定也是教坊的人。」

伍珊珊補充：「只有教坊的才知道王屋山，也只有教坊的舞者，才能跳得那麼好。」

「是教坊舞者，那倒好辦。」

狐狸爺爺帶他們到大廳，伸手一拉，唰的一聲，同時間有九張捲簾落下來。

每張簾子上頭都畫了一位姑娘。

「金陵教坊一級舞者都在這裡，這是請最好的畫師畫的像，保證跟本人有九成像，請看看畫裡有沒有你們想找的姑娘。」

狐狸爺爺說完，王屋山怒氣沖沖跑到最前面，「看看誰是假冒我的狐狸精。」

真正的王屋山的畫像也在上頭，畫像上瞪大了眼，鼓著腮

幫子的樣子，果然跟本人很像。

至於誰是假冒的呢？

現場只有顧閎中見過假冒的王屋山，他走上前，看了一圈。

「怎麼樣？有嗎？」管得到問。

顧閎中點點頭：「咦，她就在上頭，那麼明顯你們看不出來嗎？」

霍許看看伍珊珊，一邊唸：「妖氣很重，妖氣很重。」

他們還在找，王屋山已經推開眾人，帶頭走進練舞廳：「敢用我的名字去跳舞，看我怎麼修理你。」

畫院與教坊

畫院是五代兩宋「翰林圖畫院局」的別稱，這是個培養畫家的政府機關。由國家選拔優秀人才，給畫家優渥的薪水，讓他們無憂無慮的創作，這在歷史上不多見。

在中國歷史五千年裡，南唐雖然只有短暫三十多年的國史，然而南唐建立的畫院，卻聚集了一批非常傑出的畫家，像是山水畫大師董源、巨然，花鳥畫名家徐熙，還有我們這本書裡出現的人物畫巨匠顧閎中等人，都對後代產生深遠的影響。

除了繪畫，皇宮想聽音樂、欣賞舞蹈怎麼辦呢？教坊司應運而生。教坊司是管理宮廷中演出的音樂、舞蹈及戲劇的組織，也就是由國家設立一個地方，找來最美麗的女子學習音樂與舞蹈，當宮庭裡舉辦宴會、祭典時，就由他們出場表演。

不過，這些沒什麼好羨慕的，我們現在有電視、電影、手機，想看什麼就有什麼，而且燈光美音響好，說起來，遠比當年皇帝好多了。

▲ 文會圖（局部）

▲ 徐熙 花鳥畫《玉堂富貴圖》（局部）

柒

像夜鷺的葉露

光亮寬敞的地板上，有群美麗的姑娘在跳舞。

「一二，一二，轉身。」

「一二，一二，迴旋。」

姑娘們跳到一半，看見他們，突然停了下來。

王屋山想衝過去，卻被狐狸爺爺拉住。

「你們找的人在裡頭嗎？」

那群姑娘穿著翠綠色的長衫，她們的皮膚都很白，個子一樣高，連頭髮盤起來的樣式都一樣。

「是誰啊？」霍許看看伍珊珊，辨認圖像他沒有伍珊珊厲害。

伍珊珊見過〈韓熙載夜宴圖〉裡的「觀舞」，但是要拿來和真人比對，真有點困難。

幸好，顧閎中指著最右邊的姑娘說：「是她，我在韓府畫的就是她。」

「葉露？」狐狸爺爺問。

顧閎中又點了一次頭。

狐狸爺爺拍拍手：「葉露，來一下。」

葉露姑娘的個子高，四肢很瘦，說她像夜鷺也差不多，她一臉疑惑的走過來，「怎麼了？」

狐狸爺爺問：「昨天晚上，你有沒有去過顧大人的畫室？」

「當然沒有啊，昨天我在教坊裡休息，哪裡都沒去。」葉露毫不猶豫的說。

管得到問她：「那你前幾天有去韓熙載大人家跳舞嗎？」

「這位是……」葉露問。

「巡檢司的巡檢大人，他來查案的。」狐狸爺爺答。

葉露想也沒想：「我也沒去過那裡啊。」

顧閎中指著她：「但是我真的見過你，就在韓熙載府裡。」

「啊？」

「你說你叫做王屋山，我還畫了圖。」

「我沒有。」葉露邊說邊向後退，一個轉身，拔腿就跑。

「你們還不追啊。」管得到也拔腿就追。

狐狸爺爺跟在後頭喊：「葉露，如果你沒去，你就不要跑啊？」

霍許沒想到她會有這樣的反應，正想追上去，旁邊閃過一條身影——是王屋山，她的速度更快，幾個起落就馬上追到葉露，「你竟然假冒我去韓大人家？」

「我沒有！」葉露拚命的掙扎。

王屋山把她拖回來：「你為什麼要假冒我？」

狐狸爺爺看著她，語重心長的問：

「葉露，你為什麼要假冒她呢？」

「我……」葉露低著頭。

「你說啊！」王屋山氣極了，眼睛瞪得跟老虎一樣大。

「我娘……我娘生病了。」葉露的聲音低低的。

「你娘生病，跟頂著我名字去跳舞有什麼關連？」

「她……她需要錢看病，聽說韓府夜宴需要舞者，出的價錢頗高……」

「所以你假扮我去跳舞？」王屋山眼睛瞪得好大。

「我本來以為不會有什麼事，跳完舞聽其他樂師

說，原來國主派了顧大人來調查，說會把當晚參加的人全都畫下來……」

這下大家都知道原因了，她在教坊跳舞，原本是不能去賺外快，但因為母親生病了，她必須籌錢，所以只有假冒王屋山的名字前往，這本來也不會有事，直到她知道國主派人來調查。

「那幅畫呢？」管得到緊張的問：

「你該不會把畫給燒了吧？」

葉露聽到這兒，嚇得急忙跪到地上，磕著頭，

「大人，我不敢啊，我只想把它藏起來，最好永遠不會被人發現。」

「畫呢？」管得到問。

「請跟我來。」葉露站起來，領著大家往教坊裡走。

長長的走廊，一邊是花園，一邊是各種練習的場所，有人在吊嗓子，有人在玩雜耍。伍珊珊發現，這裡的女生都很漂亮，男生都很帥，「這簡直就像古代模特兒訓練所！霍許，你應該留下來。」

「我啊？我寧願回可能小學。」霍許看一個女孩用雙腳頂一個大水缸，往上一拋又接住：「這太難了，我還是當偵探好。」

葉露的房間空空盪盪，除了床，還有張沒抽屜的化妝桌和櫃

子，管得到衝進去，一把拉開櫃子，把那些衣服丟出來，「那裡沒有，這裡也沒有，難道你把畫藏在床底下？」

管得到說找就找，而且動作奇怪，霍許覺得很奇怪，因為管得到一路以來，做什麼事都無精打采——除了現在。

現在他已經走到床邊，趴下去，伸手進床板下找，這一找，還是沒找到，管得到站起來，把床一掀，床翻個身，砰的好大一聲，嚇得伍珊珊連退三步，「你小心一點嘛。」

管得到沒空理她，床下有灰塵，也有些掉落的鈕釦、髮釵，他還仔細把床板再看了一遍，沒有，什麼都沒有。

「你到底把畫藏在哪裡？」管得到問。

葉露還沒說，霍許走到窗邊，探頭看了看，伸手在窗簷上一摸，把一個油布包著的東西拿下來，「這應該就是那幅畫了。」

伍珊珊把油布打開，她驚呼一聲：「哇，把畫藏到窗檯上，誰也猜不透。」

「你……你怎麼知道？」葉露問。

「最危險的地方就是最安全的地方啊，這間屋子空空的，大家都會去檢查唯一的櫃子，如果是我，也會把畫擺在窗戶外，沒有伸手把窗簷摸一摸，誰也不知道。」

「好了，大功告成，我回巡檢司銷案。」管得到把畫拿過去，回頭就走。

狐狸爺爺追上去：「那……那葉露怎麼辦？」

「她是初犯，又對母親孝順，巡檢司原諒

她，這就不追究了。」

「管得到，你就這麼算啦？」

霍許追上去。

管得到邊走邊說：

「你們如果想把她送官府就送官府，那也可以。」

「但是，你就是『官府』了啊。」霍許越追，越覺得可疑。

管得到來到教坊大門口，跳上驢子，眼看他就要走了，霍許急忙喊了一聲：「管大人，你等等嘛。」

管得到愣了一下，驢子那愛睡的眼睛也盯著他。

「怎麼啦？」

「那幅畫你檢查過了嗎？」

「需要嗎？」管得到遲疑著，「不就是一幅畫。」

「還是小心一點好。」霍許把畫拿過來，轉手交給顧閎中，「請原畫家幫忙看一下吧。如果這是假畫，回去怎麼跟國主交代啊？」

「那倒是真的，還是小心一點好，拿到山寨貨就不好了。」伍珊珊幫著把圖打開，畫打開，韓熙載坐在一張大床上，靜靜聆聽一位樂師彈琵琶。

那是〈韓熙載夜宴圖〉的第一部分——聽樂，能這麼近距離觀看原畫，而且有原畫者在旁邊，那是伍珊珊做夢都不敢想過的情形。

不過，她只看了一小部分，顧閎中就把畫重新捲起來，「沒錯，這真是我畫的。」

管得到伸手想接畫，「真是多此一舉，圖可以拿來了吧？」

「那可不行，」霍許在中途把畫接走，「這一切太可疑了。」

「顧大人親自檢查過了，不可疑。」管得到說。

「但是你很可疑。」霍許問：「你不是在巡檢司工作嗎？怎麼會從城外往城裡走？而且，顧大人家一報案，你馬上就到，真是太可疑了！而且你一下子就知道這裡是掉了一幅畫……」

「我本來在城外值班，一聽到消息就趕回來，不行嗎？」

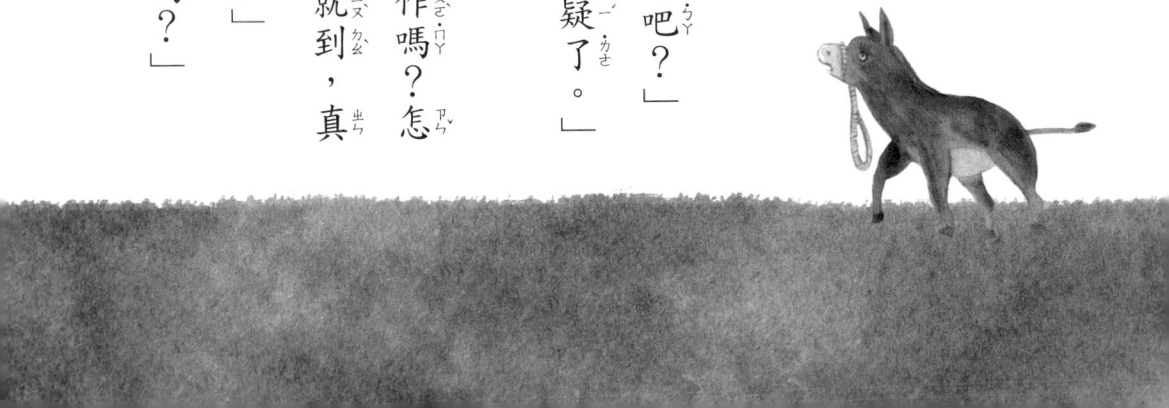

「堂堂的巡檢大人出門沒隨從，可不可疑？」

管得到想解釋，狐狸爺爺搶著說：「可疑，我從沒見過大人辦案不帶下人。」

「我這人謙虛嘛，畫還給我。」管得到把腰刀拔下來，嚇得王屋山和葉露尖叫連連。

霍許退了一步，把畫抓得緊緊的，「第三個可疑點是，如果你是欽差大人來辦案，為什麼不抓犯人，卻拿了圖就走？」

所有的人大叫：「真的好可疑。」

唰的一聲，管得到的腰刀在空中一劃，「讓你們知道老子是誰也不怕，老子就從北

地來，行不改名坐不改姓，老子姓查，名翻天。」

「查翻天？」伍珊珊問。

「你是北地來的人？」顧閎中問：「這幅畫裡，有北地派來的探子嗎？」

查翻天點了點頭：「不怕你知道，我的手下早就埋伏在韓熙載身邊。」

「若是這張圖送進宮會怎樣？」

「我辛苦布下的大宋探子網，會一夕瓦解！」

「你就是昨晚的蒙面人。」葉露在旁邊大叫一聲。

「若不是你這小娘們來壞事，我昨天早就把畫拿走了啊。」查翻天拿著刀，朝著霍許衝了過來。

夜宴圖裡的樂器和工具

畫裡有好多種樂器，韓熙載敲擊的是「羯鼓」，那是來自西北民族的樂器，用公羊皮做鼓皮，鼓身用木板圍成桶狀，下面用床架承放。羯鼓的聲音急促、激烈、響亮，適合演奏急快節奏的曲目，也可以在戰場上用於戰鼓助威。

「拍板」在《韓熙載夜宴圖》裡共出現了四次，由此可知，那是當時很重要的伴奏樂器。它簡稱為板，因為用檀木製作，所以也叫「檀板」。拍板由六到九片木板組成，用繩子連接，演奏時讓木片相互碰撞發聲。

《韓熙載夜宴圖》裡，有個五人小樂團的演出，你注意到了嗎？這個樂團只用了兩種樂器：一種是橫笛，本來是西域羌族的樂哭，於漢武帝時傳入中國，有六個吹孔和一個膜孔；另一種是篳篥，它的音色深沉、悲涼，傳達出來的樂曲如泣如訴。畫裡面三個吹篳篥的女子，三人的指法並不相同，顯示這場宴會吹奏曲目有多繁複了。

此外，內行看門道，外行看熱鬧，我們看這幅畫時，還可以從很多小地方去認識它。

這幅畫分五段，畫家使用屏風區分每一個段落。屏

▲ 篳篥

▲ 橫笛

風是古代屋舍中常見的家具。在夜宴圖裡的屏風，上頭畫的圖是南宋後才有的。人們因此推敲：這幅畫是宋朝人臨摹的，另一個證明是家具，唐朝以前的人席地而坐，南唐時代的人有椅子了，但椅腳多半比較矮，像凳子。《韓熙載夜宴圖》裡桌椅線條都很簡單，看起來比較接近宋代的家具。

古代沒有電燈，中國畫也沒有特別把畫弄得暗暗的，那怎麼知道這是晚上呢？或許你已經發現了，在畫裡有根蠟燭，畫家藉著熊熊的燭火，把我們帶進這場夜宴的氛圍，你感受到了嗎？

▲ 屏風

▲ 羯鼓

▲ 拍板

捌 籠子裡的鑰匙

「把圖給我！」查翻天喊。

顧閎中連忙擋著他，朝霍許喊：「千萬別給他！」

「放手。」

「不放。」

查翻天一刀砍在顧大人的腿上，顧大人慘叫一聲，跌到地上。

趁那空檔，霍許轉身就跑，伍珊珊跟在霍許後頭，邊跑邊把能找到的東西丟向查翻天。

一個花瓶。

一個筆筒。

一塊磚頭！

咚！砸中查翻天額頭，鮮血淋漓。

「好小子，啊，不是，是不好，死丫頭……有種別跑。」查翻天氣得哇哇叫。

「我偏要跑。」看到他手裡的刀，不跑的人是傻瓜。

教坊好大，長廊連綿不絕，偶爾看見的人，不管男女，二話不說，立刻退回房裡關門關窗。

「救命啊。」霍許沿路喊著，他喊得聲嘶力竭，卻沒人出來救他。

再往前，就是一條死巷了，兩旁高牆，霍許想退出去，但查翻天已經堵在巷口：「把圖交出來，查大爺保證不傷你們一根寒毛。」

伍珊珊抱了一個花瓶擋在霍許前面，左右邊各有一扇門，霍許試著推動左邊的門，推不開。

「交出來。」查翻天又前進一步。

「你再過來，我用……我用它砸你。」伍珊

珊邊說邊退，一隻手想開右邊的門，那門卻鎖住了。

「我來。」霍許用腿一踹，門有點鬆動，「有希望。」

一聽有希望，伍珊珊也趕來幫忙。

「你們快停下來，把圖交出來。」

查翻天追來，大刀一揮，那扇門也同時打開了，大刀揮了個空！他們轉身合力把門關上，上鎖。

查翻天在外頭拍門：「開門、開門，再不開，我把門劈開，看你們怎麼辦。」

他嘴上才剛這麼說，就馬上這麼做。

大刀劈著門板的聲音讓人心驚，那扇門雖然厚，

但照這麼劈下去……

「如果他夠聰明，應該繞路找另一個門更快。」伍珊珊說，霍許急忙把她嘴給摀著：「就是他太呆，我們才能逃進來啊！」

「那你快想想辦法啊！」

霍許看看四周，這屋子好像是間書房，兩邊有書架，上頭擺滿了書，他拉了拉另一邊的那扇門，發現門被人從外頭鎖住了，上頭的鑰匙孔竟然有兩個，一上一下。

他把眼睛湊過去，咦？

「怎麼可能呢？」他不相信，又看了一次，「伍珊珊，你快來看。」

鑰匙孔外有片綠色的草地，陽光普照。

但是，他們跑進長巷時，明明烏雲聚攏，還飄著細雨，可是鑰匙孔另一邊……

霍許揉揉眼睛：「那片草地看起來好熟悉。」

「熟悉？」伍珊珊湊過去，「全世界的草地都長得一樣！」

「不，我敢保證，」霍許像在宣布一個祕密，「那裡是可能小學。」

可能小學出現在鑰匙孔的另一邊？

霍許非常肯定，他曾在那片草地上跑過、走過、躺過，他甚至和同學在那片草地上打滾過。天下的草地那麼多，只有可能小學的草地才會軟得讓人想躺上去。

「既然這樣，你還在等什麼呢？」伍珊珊大叫，查翻天好像隨時要衝進來了。

「等等，馬上，我立刻就把它……」霍許想馬上把它打開，然而，那門卻像鐵鑄的一樣，無論他使出多大力氣，門動也不動。

查翻天的聲音適時的在另一頭響起：「等查大爺

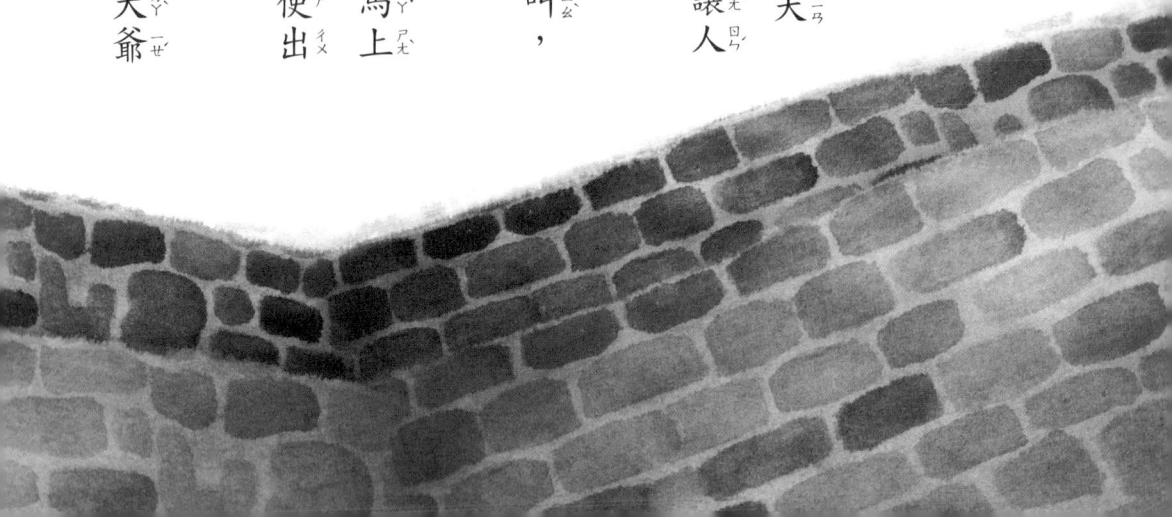

劈開這道門，看你們能逃到哪裡去呢？」

鏘！鏘！鏘！

大刀砍在門上的聲音，讓人心驚膽跳。

「別急，別急。」霍許深呼吸，彈了彈手指，遇到難解的問題，這能讓他沉澱心情。

他蹲下來，仔細看看那兩個鑰匙孔，咦，鑰匙孔旁有人用刀刻了兩個圖案：

上頭的圖，是一個籠子，裡頭關了一隻鳥。

下面的圖也有籠子，不過裡面放了一頂帽子。

帽子有一串串垂下來的珠珠，看起來像皇冠。

霍許的手指輕快彈了兩下：「上面這個關起來的鳥，就像一個字，那個皇冠……皇帝、國王……，難道是國嗎？古代的國字裡面關的就是個王字。」

「鳳國？」伍珊珊猜，「不對，那是凰字，第二個是被關起來的皇上，所以這兩個圖是鳳凰！」

霍許看看四周後說：「這裡像不像一間密室，我們必須找出兩把有鳳凰圖案的鑰匙。」

「又要找鑰匙？」

「難道你想待在這裡等查翻天闖進來嗎？」

「鑰匙會不會在圖上？我們去西周時，鑰匙在掃把柄上。」伍珊珊打開〈韓熙載夜宴圖〉，「可是這裡面什麼都沒有。」

「別急別急，密室裡一定有線索。」

霍許站起來，雖然外頭有查翻天在瘋狂砍門的聲音，但這裡……

兩邊牆上有書架，每一個書架有五層，最頂層的書都疊到了天花板，霍許取了一本下來看，是李白詩選。

「你還在看書，查翻天把門劈出一條縫了。」

伍珊珊喊著。

「鑰匙一定在這些書裡。」霍許說。

「這裡幾千本書，要怎麼找？」伍珊珊大叫。

「要逃脫密室，就要找出線索。」霍許的手指在書架上逡巡。

右邊書架全是詩和詞，李白的、杜甫的、王維的……，「王維嗎？他姓王。」可惜，王維的書裡也沒有鑰匙，「不知道有沒有皇帝寫詩的，圖案上刻的是皇冠。」

伍珊珊記得：「清朝的乾隆皇帝寫詩，寫了四萬首

詩；明朝的朱元璋寫詩，但他們的年代比南唐晚，還有一個是南唐的李煜李後主，他寫詞。」

霍許找得快：「沒有什麼書上寫李煜或李後主，倒是有一本……聖主詞選。」

這本書，厚厚的，入手就覺得沉，霍許打開書，書裡的正中間被人挖空了，放了一把古銅色的鑰匙。

「快，去另一邊找第二把！」伍珊珊跳起來跑到左邊，搖搖頭：「《諸郡物產土俗記》、《區宇圖志》與《諸州圖經集》這裡的書不是詩，好像都跟科學有關係。」伍珊珊揚揚手裡的書，「《金陵稀獸錄》，裡面沒鑰匙。」

「線索、線索，我們要找鳳，鳳是一種鳥。」

霍許剛說到這兒，後頭傳來一聲歡呼：「哈哈，小鬼，我看到你們啦。」

堅固的門現在有一道巴掌寬的裂縫，查翻天的身體都快要能鑽進來了。

霍許指揮著，「不是地圖，不是天文學，要跟鳥有關的書。」

伍珊珊急：「《肘後備急方》、《太初曆》是醫書、《太初曆》、《皇極歷》應該是天文學，《山海經》和《淮南子》是神話故事，沒有什麼鳳凰的書。」

「等等，」霍許喊：「你剛剛說什麼？」

「我說……我說《肘後備急方》、《太初曆》是

醫書、《太初曆》、《皇極歷》應該是天文學，《山海經》和《淮南子》是神話故事，沒有鳥的書。」

「神話故事，神話故事，『鳳凰』是神話才會出現的動物。」

不等霍許說完，伍珊珊急著打開《山海經》，歡呼著拿出另一把鑰匙。

「別走！」查翻天的半邊身子擠進來了，「看你們往哪裡逃。」

「伍珊珊，快啊。」霍許和她一人一把鑰匙，把那兩把鑰匙一插進孔裡，他們同時感覺到細微的電流由孔裡流竄而來，鑰匙一扭……

「哈，再跑啊。」查翻天已經跳進門裡了，他的刀揮過來時，霍許和伍珊珊也把門拉開了——不，門是被風推開的。

強烈的風吹進來，書架被吹倒了，書飛起來了，伍珊珊也飛起來了，旁邊有隻手拉著她，那是霍許，他抓著門框不放。

「抓住我。」霍許大叫：「我們要回去了。」

「小鬼，別跑……」查翻天被風吹到了天花板。

呼嘯的風，閃爍的強光，一直到很久很久以後，他們身上的微弱麻癢才消失。

伍珊珊睜開眼睛，是金色的陽光，熟悉的草地，

「我們回來了。」

玖 比亂扯還扯的故事

霍許發現，他們還在可能博物館的密室裡。窗外是可能小學的草地，金色的夕陽就灑落在草地上，好多人在上面奔跑。

伍珊珊推了門，門無聲的開了。

「不必用鑰匙？」他嚇了一跳。

「因為你們兩個的動作最慢啊。」機關王打個哈欠，「所有的闖

關活動都結束了，大家早就回來了，奇怪，這麼簡單的密室，為什麼你們每次都玩那麼久？」

「因為我們回到南唐了啊。」伍珊珊興奮的說：「老師，你一定不相信，我們遇到顧閎中，就畫〈韓熙載夜宴圖〉的那個畫家，他的畫丟了。」

「顧閎中？」機關王搖了搖頭。

「當然可能。」兩個孩子異口同聲的說：「在可能小學裡，沒有不可能的事啊。」

「南唐？穿越？你們是不是故事看太多了？」機關王搖搖頭：「大家都說我做的機關很扯，但是，你們說的故事，比我的機關還要扯。」

霍許很想證明自己的遭遇，他想到：「珊珊，〈韓熙載夜宴圖〉呢，我剛剛交給你保管的啊。」

機關王猛搖頭：「〈韓熙載夜宴圖〉？那更不可能。」

「伍珊珊，快把圖給老師看啊！」

霍許催著，老師看著，伍珊珊看看自己，她手上沒有那幅圖，但是掉哪兒了？

「我本來抱了一個花瓶，」伍珊珊一步步往回推想，「你又把圖交給我。」

「所以圖呢？」

「我們跑進密室，查翻天追來了，你要我幫你找鑰匙。」

「然後……」

伍珊珊大叫：「我把花瓶放下，把圖塞進花瓶裡……」

「那花瓶呢？」

「花瓶呢？」

「沒帶回來？」霍許大叫。

伍珊珊點了點頭。

機關王搖了搖頭，「所以沒有什麼花瓶，也沒有夜宴圖，又在做白日夢了，還是兩人同時做一樣的夢，真是……」

「老師，我們真的去過南唐。」他們兩人大叫。

「最好是啦。」機關王笑了笑，眼睛瞇了起來，細細長長，

那樣子就像……

「狐狸爺爺？」

「什麼狐狸爺爺？人怎麼會像狐狸呢？」機關王轉身，走向夕陽西下的可能大草原。

「我們真的回到南唐。」

「還看到畫〈韓熙載夜宴圖〉的畫家。」

他們一路嘰嘰喳喳。

偶爾聽到機關王問：「那圖呢？」

「沒拿回來。」

「那就不算啊……」

「我們真的回到南唐了，是真的。」

「還看到畫〈韓熙載夜宴圖〉的畫家。」

「沒拿圖回來？」

「沒有……但是你要相信我們啊，我們真的回到……」

不知道這個迴圈式的問答要問多久？

但這裡是可能小學啊，別忘了，在可能小學裡，沒有不可能的事啊。

可能的真相會客室：一座王府換一幅圖

：可能真相大公開……

：公開國寶大真相。

：或許你已經讀完可能小學這一篇故事了……

：但你知道國寶背後的祕密嗎？

：有請今天的真相嘉賓——

（掌聲中，從幕後跳出一串佛珠精靈，它低著頭，不說話。）

：我們邀請來的來賓越來越神奇了。

：長相不凡的精靈，都有不凡的經歷，一串珠，你可以跟大家

自我介紹一下嗎？

（一串珠低著頭。）

：嗯，人家就是一串珠嘛，就是在《韓熙載夜宴圖》裡的一串佛珠。

不斷易主的夜宴圖

：聽說這幅畫是張情報圖？

：好像是吧。

：是李後主去調查韓熙載？

：應該是啦。

：你不能說得這麼模糊啊，你來這裡就是要跟大家講講這幅畫

裡的真相啊。

：真相啊？

：你別害羞，把這裡當成你家的客廳。

：我家沒客廳。

：當成我們在聊天。

：我不會聊天！

：例如這幅畫畫好之後……

：我們就四處跑來跑去啊，有時在皇宮，有時在古玩店，後來好像還曾經去過年大將軍的家。

：年大將軍？

：是清朝的年羹堯將軍嗎？

：應該是，他家裡被皇帝抄了，所以我們又進了皇宮，有個皇帝特別愛我們，成天把我們拿出來看，然後就……然後就……

：怎麼啦？

：那個皇帝很奇怪，沒事就拿著印章在我們身上蓋來蓋去，人家覺得癢，叫他停下來，他也不聽。

（伍珊珊用力拍著手。）

：愛蓋印章的皇帝，那一定是乾隆，一串珠，你別跟他計較，這皇帝就愛蓋印章，還會在畫上四處題字呢。

：對，我的身上也被他寫了字，這叫人家怎麼見人嘛。

：你別急嘛，被乾隆寫過字的畫有很多，而且這表示這件作品

很好。

（一串珠鬆了一口氣，放心的樣子。）

：真的嗎？這表示我很棒嗎？難怪後來，我們又被一個小皇帝帶出宮。

：小皇帝？

：好像是什麼最後……什麼末代的帝王，哎呀，皇帝這麼多，人家哪搞得懂呢。

：一定是清朝最後一個皇帝溥儀，二次大戰時，日本人要他成立「偽滿州國」，聽說溥儀把故宮裡的國寶偷帶出宮，二戰結束，偽滿州國的文物全流落街頭。

流落街頭的夜宴圖

：好像是他！那幾年我們在不同的商人手上轉來轉去的，從這家轉到那家，直到有個大鬍子畫家把我們買下來。

：大鬍子畫家？

：對啊，他姓張，張什麼簽，是竹簽還是鐵簽……

：張鐵簽？張竹籤？

：都不對！應該是張大千，他真的是個大畫家。

：就是他，聽說他本來要買一間大房子，總共要五百兩黃金，他去看了房子，很滿意，先付了訂金。

（伍珊珊拿出手機，不斷的上網搜尋資料，又用計算機計算行情。）

：依照今天銀行公告的行情，一錢黃金四千五，一兩是十錢，所以是四萬五，四萬五再乘五百那就是……

：兩千兩百五十萬元，哇，什麼屋子這麼貴啊？

：一個清朝王爺的家。

：哇，一座王府，五百兩黃金，太誇張了。

（一串珠急著解釋。）

：這才不誇張呢，因為那一天有人告訴他，《韓熙載夜宴圖》也要賣五百兩黃金。

：哇！一張畫五百兩黃金。

：如果是我，當然要留畫。

：不，還是房子值錢。

：畫是無價之寶。

：房子卻會無限增值。

：一串珠，你倒是說說話啊，究竟張大千的選擇是什麼？

（一串珠把頭微微朝向伍珊珊。）

：真的是畫？

（一串珠一臉嬌羞的樣子。）

：因為張大千說，房子以後還有機會買，但這張圖如果現在沒買，以後就不會再遇到它了。我記得，他還特別刻了一枚「東南西北，只有相隨無別離」的印章。

：真是個狂人，為了一幅畫，跟它永不分離。

：不對啊，我爸爸說過，張大千後來搬到了南美洲，如果他跟

畫永不分離，《韓熙載夜宴圖》怎麼會在北京的故宮博物館裡呢？

：後來，他要搬家了，資金不足，不得不出售自己珍藏的字畫，他怕這幅畫被外國人買走，所以決定把畫留在大陸，避免讓這件國寶流落海外。

：所以，一直到現在，《韓熙載夜宴圖》就留在北京的故宮博物院？

：嗯……

：那一定很多人想看你囉？

：人家實在不喜歡拋頭露臉的。

：相信經過今天的直播節目，一定有更多人認識《韓熙載夜宴

圖》，也更認識你了。

：直播？

：是啊，是電視直播啊。

（一串珠大聲尖叫。）

：天啊！你們剛才不是說這只是聊天？

：我是說請你把這裡當成客廳，把錄影當成聊天！

（一串珠突然拉高音量，講話急促，快要生氣的樣子。）

：不行，不行，刪掉，刪掉，我不要錄影了，我要回去了，不能播，不能播……

：你冷靜一下嘛。

：你不要生氣啊。

（在霍許和伍珊珊兩人的勸告聲中，一串珠怒氣沖沖「滾」出攝影棚，留下錯愕的兩個主持人。）

：他真的生氣了？

：或許他真的不知道我們在錄影嗎？

：也許他是害怕粉絲太多。

：或許下次發邀請卡時，一定要慎重、一定要講清楚我們是現場直播喔。

：好啦，我記下來了，可能真相大公開，咱們下回見。

：拜拜！

絕對可能任務

任務1　左邊這張韓熙載夜宴圖上有一些不應該出現的東西，你能找出來嗎？

任務2

霍許和伍珊珊一起完成了機關王的任務，成為好朋友，分享彼此的祕密。你知道伍珊珊想要告訴霍許什麼事情嗎？你能不能也用他們的密碼，跟你的朋友分享祕密呢？

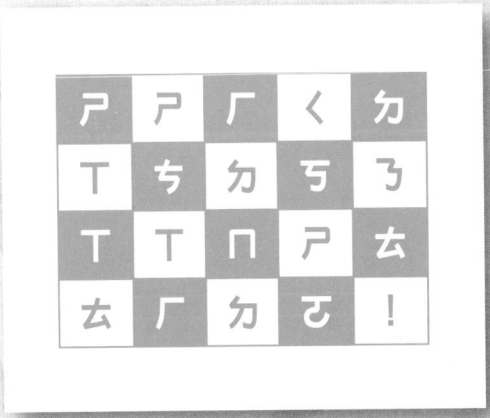

絕對可能任務參考答案：

任務一：

任務二：珊珊好期待下次的可能小學密室逃脫活動喔！
（利用每個字的聲母，你也可以設計出霍許跟伍珊珊的密碼喔！）

作者的話

當白菜還是白菜的時候

每次上社會課時，比較煩惱的是：很多背景知識無法帶孩子實地去看。例如教唐朝唐太宗，該怎樣讓孩子們進入盛唐呢？

進博物館是個好方法。

我曾在湖北博物館見過越王勾踐的劍，沒錯，就是「臥薪嘗膽」的勾踐。也曾在西安的兵馬俑博物館看過秦始皇的地下軍隊，那統一六國的威攝景象。更多的是，在故宮。臺北故宮的國寶，樣樣是精品。

例如帶小朋友去看毛公鼎，看完了，再回到教室細讀鼎裡銘文，一個距我們遙遠的朝代，就在不知不覺裡翩然而至。

於是，西周就和孩子有了連結。

講起烽火戲諸侯的周幽王，講起春秋戰國的歷史，感覺就近了。

故宮有兩個，建築在北京，精品在臺灣，我們何其有幸，能這麼近距離的去感受歷史的溫度，於是，起心動念——這次就讓國寶來可能小學上課吧。

我寫毛公鼎，那是銅器時代，一個金光閃耀的朝代，外有玁狁虎視眈眈，內有帝王花天酒地，臨危授命的毛公，如何重振西周？

蘭亭集序大家耳熟能詳，有機會，進故宮去看看它，那是多美好的書法，多歡暢的文字，王羲之活得瀟灑自然，如果有幸讓可能小學帶孩子重回那年春天，會有什麼火花呢？

北京有幅韓熙載夜宴圖，有人說它內藏機密，事關北宋與南唐間的衝突。南唐李後主是千古詞帝，一幅畫竟然能牽連那一段歷史，這場千年前的夜宴，也在這回的可能小學裡。

前三本故事，有青銅器、有書法，有圖畫。

最後一本呢？

我決定寫敦煌。

還記得西元1900年嗎？那一年，老佛爺逃離北京城，就是在那一年，道士王圓籙遇見了外國來的斯坦因，他把無意間發現的萬卷經文，幾乎大半賣給了斯坦因。

而現在的敦煌極力的保護這片佛窟，限制遊客一天只能觀看幾座洞窟。

這片歷經千年不斷開鑿、雕塑、描繪的佛教聖地，在1900年卻被黃沙半掩——若不是王道士，沒人會注意敦煌；若不是王道士，經文不會被賣到海外。

然而若能回到了一千年前的敦煌呢？可能小學的孩子又會遇到什麼事情？

這幾個景點我曾到訪。

每次去旅行前我會先讀書，不想當個只聽導遊講解的遊客，自己是要先做功課的。因為做過功課，到了當地那種感受是完全不同的，走在敦煌莫高窟的每一步，彷彿都會有個畫師、塑匠隨時跳出來，走進洞子裡，看著滿窟、滿洞子的創作，會有滿滿的感動。

回到家，我會再把書細讀，這回再看書，又是不同的體會，因為它們已經進入我的心裡，和我的生命產生了連結。

讀萬卷書不如行萬里路，若能讀書加行旅，我們的生命就更有縱度與廣度。

這套可能小學，適合給孩子做社會科的延伸，適合給孩子做進故宮前的準備。

因為，當孩子讀完它之後，毛公鼎就不只是個呆呆的鼎，而翠玉白菜也不會只是一顆不能吃的大白菜了。

它已經成為孩子生命裡的一段連結，再也分不開了。

可能小學的藝術國寶任務：

穿越夜宴謎城

作　　者｜王文華
繪　　者｜25 度

責任編輯｜楊琇珊
美術設計｜也是文創有限公司
行銷企劃｜葉怡伶

發行人｜殷允芃
創辦人兼執行長｜何琦瑜
副總經理｜林彥傑
總監｜林欣靜
版權專員｜何晨瑋、黃微真

出版者｜親子天下股份有限公司
地址｜台北市 104 建國北路一段 96 號 4 樓
電話｜（02）2509-2800　傳真｜（02）2509-2462
網址｜ www.parenting.com.tw
讀者服務專線｜（02）2662-0332　週一～週五：09:00~17:30
讀者服務傳真｜（02）2662-6048
客服信箱｜ bill@cw.com.tw
法律顧問｜台英國際商務法律事務所 ・ 羅明通律師
製版印刷｜中原造像股份有限公司
總經銷｜大和圖書有限公司　電話（02）8990-2588

出版日期｜ 2019 年 7 月第一版第一次印行
　　2021 年 3 月第一版第三次印行
定　　價｜ 280 元
書　　號｜ BKKCE027P
ISBN ｜ 978-957-503-446-7(平裝)

訂購服務
親子天下 Shopping ｜ shopping.parenting.com.tw
海外 ・ 大量訂購｜ parenting@cw.com.tw
書香花園｜台北市建國北路二段 6 巷 11 號　電話：（02）2506-1635
劃撥帳號｜ 50331356 親子天下股份有限公司

立即購買

親子天下 Education · Parenting · Family Lifestyle　親子天下 Shopping

親子天下 有聲故事書

國家圖書館出版品預行編目資料

穿越夜宴謎城 / 王文華文；25 度圖 . -- 第一版 . -- 臺北市：親子天下，2019.07
168 面；17 X 22 公分
ISBN 978-957-503-446-7 (平裝)

863.59　108009449

圖片出處｜
p.32 by Wikimedia Commons, Public Domain
p.47 by unknown, 清宮殿殿藏畫本 北京故宮博物館出版社 1994 via Wikimedia Commons, Public Domain
p.73 by unknown via Wikimedia Commons, Public Domain
p.106（左）by 宋徽宗 文會圖：國立故宮博物院／故 - 畫 -000836-00000
p.106（右）by Xü Xi via Wikimedia Commons, Public Domain